Note

मैजिकल नोट

प्रथम संस्करण : जनवरी, 2026

ISBN : 978-93-47125-46-1

प्रकाशक : अनबाउंड स्क्रिप्ट
2/41, अंसारी रोड,
दरियागंज, दिल्ली–110002

वेबसाइट : www.unboundscript.com
ई–मेल : books@unboundscript.com
फोन : 011-35807601

MAGICAL NOTE
by Aviral Adeeb

मुद्रक : यश प्रिंटोग्राफिक्स, नोएडा, उत्तर प्रदेश

मूल्य : ₹ 249/-

म्यूज़िकल Note

अविरल अदीब

अनबाउंड स्क्रिप्ट

माँ को समर्पित

जिन्होंने यह समझने की मोहलत दी कि फ़िज़िक्स, केमिस्ट्री और मैथ्स के बाहर भी एक दुनिया होती है और जिन्होंने अपने जीवन से यह प्रमाणित किया कि लगन से सब संभव है।

1

कांड

दौड़ते हुए आरव दोबारा बाथरूम पहुँच गया। 10 मिनट के अंदर बाथरूम में उसका ये दूसरा चक्कर था। ताज्जुब की बात ये थी कि इतनी जल्दी प्रेशर बन भी जा रहा था। उस दिन आरव को समझ आया कि मूत्र विसर्जन के लिए मम्मी या पापा द्वारा बजाई जाने वाली सीटी अकेली कैटेलिस्ट नहीं होती। घबराहट भी एक कैटेलिस्ट का काम करती है।

मन का चैन तो उड़ा हुआ था ही और अब पैंट की ज़िप भी पूरे मौज में थी। बड़ी जद्दोजहद के बाद जो-त्यों खुली। लम्बी साँस लेते हुए बग़ल में देखा तो अंकुर भी धारा प्रवाह करने में लगा था। एक दूसरे को देख दोनों का प्रेशर पूरी फ़ोर्स से बाहर निकल आया।

“भाई कैसे बचेंगे अब?” बिना हाथ धोए अंकुर ने माथे का पसीना पोंछते हुए आरव से पूछा। आरव भी क्या ही बताता अब उसे। एक तो भूख ने हालत ख़राब कर रखी थी। संयम रखना मुश्किल इसलिए भी हो रहा था क्योंकि टिफ़िन में आलू की कचौड़ियाँ थीं।

ज़िप ऊपर कर दोनों बाहर निकले, फिर सामने दिख रहे स्विमिंग पूल के गेट के बाहर बनी सीढ़ियों के पास जाकर अपनी अपनी तशरीफ़ रख दीं। सिर खुजाते हुए अंकुर बोला-

"ये सैवियो मानेगा नहीं ना किसी तलह?"

सामने ही फिसलने वाला झूला था। लंच टाइम था, तो भीड़ भी अच्छी ख़ासी थी। आरव ने सामने पड़ी रेत पर जूता मारते हुए कहा- "और जो मान गया तो क्या कैंटीन वाले भईया चुप बैठेंगे? देखा कैसे हाथ पकड़ा था तुम्हारा?"

फिर दोनों शांत बैठ कर कुछ सोचने लगे। पाँचवी कक्षा में पढ़ रहा बच्चा नादान होता है। तब ग़लती करने के बाद वाला डर करियर ख़राब होने का नहीं, घर पर पड़ने वाली मार तक सीमित होता है। आरव मन ही मन अपने को कोसते हुए बुदबुदाने लगा- "बुरा फँस गये" अंदर से आवाज़ आई और अंतर्मन से होने वाली बात, बहस में बदल गयी।

"क्या मालूम था इतना बड़ा सीन बन पड़ेगा।"

"और क्या! मासूम बच्चे ही तो हैं अभी"

"पाँचवी में पढ़ने वाले बच्चे मासूम होते हैं कहीं?"

"तो क्या बुढ़ा गए हैं?"

इतने में आरव ने अंकुर की तरफ़ देखा। वो एकदम सुन्न पड़ गया था। फिर वो एकदम से बोल पड़ा "पक्का घल तक बात पहुँचेगी। पापा को बुलाएँगे प्लिंसिपल। माल माल के धो दिए जाएँगे। कोई तो लास्ता निकालो।"

इतनी गंभीरता में उसके आँसू भी टेन्शन में आ गए। और प्रेशर से दो बूँद बन के धीरे से सरक लिए।

लंच टाइम में स्कूल के किसी कोने को भी शांत रहने की इजाज़त नहीं होती। आरव को शांत बैठने का मन था पर कभी पैरों पर गेंद चली आती तो कभी किसी झूला झूलने वाले की हँसी कान में पहुँच अड़चन डाल देती। आँख बंद कर आरव ने अपने घर का नज़ारा भी सोचा। अपनी माँ उसको दुर्गा पूजा की मूर्ति वाली काली माँ सी नज़र आ गई। तुरंत आँख खोलनी पड़ी। आगे का सोचना भयावह लगा। अंकुर की साँसों की तेज़ी और आरव की टेन्शन समय के साथ बढ़ती जा रही थी।

थोड़ी दूर टंगे स्कूल के घंटे पे आरव की नज़र गयी और लगा कि आज इसी की तरह बजना तय है। आरव की गोल आँखें घंटे की गोलाई पे अभी टिकी हीं थी कि घंटे के पीछे से सैवियो आता दिखाई पड़ गया। सैवियो जूनियर सेक्शन का हेड मार्शल था। स्कूल 2 सेक्शंस में बटा हुआ था- जूनियर सेक्शन और सीनियर सेक्शन। इन दोनों सेक्शन का विभाजन करता था- एक बड़ा-सा गोल मैदान। जूनियर सेक्शन में क्लास प्रेप से 5वीं तक के बच्चों की क्लास चलती थी और सीनियर सेक्शन में क्लास 6वीं से 12वीं तक के बच्चों की। पर स्कूल में कैंटीन एक ही थी और वो थी सीनियर सेक्शन के करीब बने स्विमिंग पूल के बगल में। इसलिए लंच टाइम में जूनियर सेक्शन से कैंटीन की तरफ़ आने वाले बच्चों पर निगरानी रखने के लिए जूनियर सेक्शन के कुछ पदाधिकारी पहरा देते थे। उन पदाधिकारियों का मुखिया हेड मार्शल था।

अंकुर की तरफ़ देखा तो उसकी आँखें भी सैवियो पर टिकी थीं। नज़ारा बिल्कुल ऐसा जैसे एक जीव को अपने हलाल होने का एहसास हो गया हो। उन दोनों के सामने पहुँचते ही सैवियो ने अपनी कैंची जैसी जुबान से अंग्रेजी में लम्बा चौड़ा वाक्य बोला। पर आरव और अंकुर को सार समझने के लिए कुछ ही शब्दों का अनुवाद करना पड़ा। बताया गया था कि दोनों का इंतज़ार कैंटीन में कोई मिस्टर डुकास कर रहे हैं।

इतना कहकर टशन में हाथ हिलाते हुए सैवियो आगे निकल गया। दोनों की समझ में आ गया था कि लड़के ने जो तत्काल का टिकट कटवा दिया है उसका सफ़र अब बड़ा मुश्किल होगा। अब तो शरीर के हर अंग से पसीना छूट रहा था। अंकुर ने स्कूल के पीछे दिखाई पड़ रहे चर्च को देखते हुए दुआ माँगी और आरव ने भी अपने बजरंगबली को याद करके आगे क़दम बढ़ा दिए।

आरव के स्कूल में अध्यापकों के नाम भी ज़बर भयंकर सुनाई देते थे- मिस्टर मोर, मिस शेपर्ड, मिस पॉल, मिस्टर काज़मी, मिस्टर मगावन और मिस्टर राइट। गौर करने वाली बात ये थी कि इन सभी की कदकाठी बिल्कुल नाम के अनुसार थी। ख़ैर आरव और अंकुर दोनों का नाम और शरीर हल्का था तो उन्हें कैंटीन पहुँचने में देर ना लगी। अब ये मिस्टर डुकास को ना कभी आरव ने देखा था ना अंकुर ने। इसलिए समझ आ गया था कि कोई सीनियर सेक्शन का मास्टर होगा।

आरव ने अंकुर से कहा, "जाओ एक बार अंदर देख कर आओ। लंच टाइम में तो कैंटीन में बहुत टीचर्स बैठे होंगे"। अंकुर ने सकपका के जवाब दिया- हमको क्यूँ भेज लहे हो? नकली नोट तुम खलीद कल लाए।"

"तो लिया क्यों फिर? यार देखो समोसा ना हमको खाना था ना तुमको। तुमको अंदर कैंटीन किसने जाने को बोला था? और वहाँ नोट क्यों बढ़ा दिया?"

"ग़लती हो गई याल। ऊपल से ये सैवियो हीलो बनने पहुँच गया। लगा दी शिकायत।"

"तुम बहस करो या रोओ, कुछ होना नहीं है अब। माँग लेंगे माफ़ी यार, यहाँ जब दिवाली के समय त्रिपाठी और पांडे पटाके फोड़ते हैं तब नहीं पकड़े जाते।"

जब तक अंकुर कुछ जवाब देता पीछे से सैवियो की आवाज़ सुनाई दी। अंग्रेजी में बोला "सर यही दोनों थे।" अभी दोनों का जो डर था वो उस चरम पे पहुँच चुका था कि ना चेन खोलने की ज़रूरत थी ना बाथरूम की चारदीवारों की। किसी तरह हिम्मत करके दोनों पीछे मुड़े तो देखा छह फुट तीन इंच लम्बा हट्टा-कट्टा अंग्रेज़ों जैसा गोरा इंसान खड़ा था। एकदम से आँखों के सामने wwf के कार्ड्स घूमने लगे। आरव को लगा ये मैटर साइड करके पूछ ही लिया जाए कि क्या सर ने कभी wwf में ट्राई नहीं मारा। क्योंकि तब तो ये वहाँ अकेले होते जो बिग-शो को तगड़ा कॉम्पटिशन देते।

आरव को खोया देख अंकुर ने पीछे से हल्की टीप मारी और आरव जैसे ही अपनी wwf की दुनिया से बाहर निकला मिस्टर डुकास ने प्रश्न दागने शुरू कर दिए। पहला सवाल था कि नोट कहाँ से मिला?

सवाल पर आरव ने पहले अंकुर की तरफ़ देखा। उसके मुँह के भाव से आरव को याद आया कि नोट तो उसने ही खरीदा था। फिर आरव ने दिमाग लगाया कि इस सवाल का उत्तर ख़ुद दे देने से कांड वाली बात का जवाब वो अंकुर से दिलवा सकेगा। आरव ने जवाब दिया- "सर आज सुबह ..."

बात पूरी ख़त्म भी नहीं हुई थी कि मिस्टर डुकास ने आरव को लताड़ते हुए टोका- "In English!"

आरव ने दिमाग में हिंदी को अंग्रेजी में प्रोसेस करने के लिए कुछ सेकंड लिए और जवाब दिया- "I bought it this morning from just outside the school."

सवाल का सिलसिला वापस शुरू हुआ और दूसरा सवाल था- "क्यों?" आरव ने जवाब दिया कि उसने सिर्फ खेल के लिए खरीदा था

वो नोट। कोई भी गलत इरादे से नहीं। साथ में माफ़ी भी चिपकाते हुए दोबारा ऐसी ग़लती न करने का वादा भी दे दिया।

ऐसे तो आख़िरी वाली लाइन आरव ने स्कूल की लाइफ़ में बहुत बार बोली थी। पर इस बार सच में उसका मन बोल रहा था कि बेटा अनजाने की ग़लती है इस बार। ऐसा काम दोबारा नहीं होगा अब।

जब तक मिस्टर डुकास कुछ आगे पूछते अंकुर ने माफ़ी का अलाप शुरू कर दिया- "I am leally solly Sal. I will not repeat it again. Please Sal please."

इतने में तपाक से सैवियो ने अंकुर की गुहार को काटते हुए मिस्टर डुकास को बताया कि अंकुर ने ही कैंटीन में नोट इस्तेमाल करने का प्रयास किया था।

इस वक़्त आरव का मन किया कि एक रापट जड़ दे सैवियो को वहीं। पर माहौल विरुद्ध था। सैवियो की बात सुनते ही सर के सफ़ेद मुँह पे जड़ी पुतलियाँ कुछ और फ़ैलीं साथ ही उनके मुँह से वो बात निकली जो इतिहास का हर बच्चा अपने अध्यापक से शैतानी करने पर सुनता आया है- "तुम्हारे माँ बाप तुम पर पैसा बर्बाद कर रहे। ये सब करने आते हो क्या स्कूल में?"

इन शब्दों ने 5वीं कक्षा के बालक, आरव के आत्मसम्मान को ठेस-सी पहुँचा दी। अंकुर के मुँह के भाव भी कुछ ऐसा ही बता रहे थे। ग़ुस्सा इस बात का था कि पढ़ाई में तो दोनों ही ठीक थे। तो जब उनसे कम मार्क्स लाने वाले लड़कों ने कभी ये महसूस नहीं किया तो भला वो क्यों करते? पर फिर दिमाग़ ने समझाया कि गुर्राने का कोई फ़ायदा नहीं होगा क्योंकि ग़लती तो ख़ुद की ही थी।

मिस्टर डुकास यहाँ लताड़ रहे थे और उनके पीछे सैवियो खड़े हो के दाँत फाड़ रहा था। इसी साल वो हेड मार्शल बना था। पिछले साल चौथी कक्षा में इसको आरव ने कई बार लँगड़ी मार के क्लास में गिराया था। सैवियो को एक साल बाद मौका मिला था।

समझाने और माफ़ी माँगने पर भी मिस्टर डुकास ना माने और नोट के साथ एक लेटर लिख कर जूनियर सेक्शन के प्रिन्सिपल को भेज दिया। ना ईशु ने सुनी ना बजरंगबली ने। बलि चढ़ना तय हो गया।

2

फैसले की घड़ी

उसी दिन लंच के बाद आरव और अंकुर के घर फ़ोन गए। आरव के घर में उसकी माँ ने फ़ोन उठाया और अंकुर के घर उसके पापा ने। प्रिन्सिपल ने क्या बात की ये तो नहीं पता पर इतना समझ आ गया था कि बुलावा घर तक पहुँच गया है। प्रिन्सिपल ऑफ़िस के बाहर बैठे अंकुर ने आरव से पूछा- "कौन आएगा घल से?"

आरव ने शर्म से सिर हिलाते हुए बोला- "माँ ही आएँगी।"

"सही तो है। हमाली भी माँ आती तो डल ना लगता। रमाकांत ख़ूब पिटाई कलेगा। सामने ना माल दे सबके। पूली इ़ज़्ज़त चली जाएगी।"

अंकुर के पिता- रमाकांत, इलाहाबाद में ही एक फैक्ट्री में काम करते थे। एक दिन बॉस ने उनसे कुछ ऐसे कागज़ात पर दस्तखत करने बोला जिससे कंपनी को तो फ़ायदा था पर वहाँ काम कर रहे वर्कर्स को नुकसान। मना करने पर कंपनी ने उन पर झूठे आरोप लगा कर उन्हें बाहर का रास्ता दिखा दिया। यही नहीं बल्कि कंपनी में काम कर रहे बड़े साहब लोगों ने ये भी सुनिश्चित किया कि रमाकांत को इलाहाबाद में दूसरी किसी और फैक्ट्री में नौकरी ना मिल पाए। सत्य की लड़ाई लड़ते

लड़ते उनकी दोस्ती हाला से कब गहरी हो गयी ये पता ही नहीं चला। ईमानदारी की राह पर चलने वाला अक्सर अकेला पड़ ही जाता है। आखिर लड़ कर या तो चमकता है या बिखरता है। रमाकांत बिखरने की कगार पर थे।

"इज़्ज़त की बात तो ऐसे कर रहे हो जैसे प्रधानमंत्री हो बड़ा।"

"मज़ाक सूझ लहा तुमको?"

आरव ने प्रिन्सिपल ऑफ़िस के बाहर इतना टाइम कभी नहीं काटा था। और सबसे बड़ी बात ये थी कि एडमिशन के बाद उसके माँ-पापा का स्कूल में सिर्फ़ पेरेंट्स-टीचर्ज़ मीटिंग, रिपोर्ट कार्ड लेने या स्पोर्ट्स-डे में ही आना होता था। मामला इतना ख़राब कभी हुआ ही नहीं कि इन दिनों के अलावा उन्हें आना पड़ता। समय काटना मुश्किल हो रहा था। अंकुर के नाखूनों की तो आफ़त आई थी। मालूम हो रहा था कि ज़रा देर में रमाकांत ना आए तो उसकी उँगलियों से नाखूनों का अंश भी ना बचेगा।

अब तक सैवियो ने क्लास में भी रायता फैला दिया था। जब-जब घंटी बजती तो कोई ना कोई दोस्त सांत्वना देने आरव और अंकुर के पास चला आता। ऐसा प्रतीत हो रहा था जाने कौन-सी दुर्घटना घट गई हो।

ख़ैर छुट्टी होने के एक घंटे पहले रमाकांत स्कूल पहुँच गए। अंकुर के हार्ट की "लब-डब" बिल्कुल बूफ़र में बज रही बीट्स की तरह महसूस हो रही थी। रमाकांत को देख के अंकुर उठा ही था कि आते ही उनके एक कंटाप ने उसे दोबारा बिठा दिया। आँखों में आँसू और सिसकियों ने माहौल गरमा सा दिया। आरव के मन में आया की उठ के रमाकांत से ये गाना गा कर अपने मन के भाव प्रकट कर दें- "छोटा बच्चा जान के ना कोई आँख दिखाना रे।" फिर लगा फ़ैमिली मैटर में क्यों ही पड़ना।

शब्दों का कोई आदान-प्रदान होता इससे पहले ही आरव की माँ भी आती दिख गईं। अंकुर का हाल देखने के बाद आरव को दोनों गाल ढकने का ख़याल आया। कोई भरोसा तो था नहीं। पर यहाँ उसकी माँ तो पता नहीं किस मिज़ाज में थीं। बस आकर चुप-चाप बगल में बैठ गईं। ये देख कर अंकुर के आँसू और मोटे बन के बहने लगे। एक ही ग़लती करने पे अगर एक दोस्त बिना डाँट खाए रह जाए और दूसरे की सुताई हो तो दूसरे को बहुत गहरा झटका लगता है।

पाँच मिनट बाद सब प्रिन्सिपल ऑफ़िस के अंदर थे। माँ के भाव देख के आरव निश्चिन्त हो गया था। कम से कम अभी तक कंटाप तो नहीं जड़ा गया था। पर अंकुर के आँसुओं की झील अभी भी भरी हुई थी।

आरव की माँ और अंकुर के पापा रमाकांत, दोनों टेबल के एक तरफ़ जमी हुईं दो कुर्सियों पे बैठ गए। आरव और अंकुर उनके पीछे खड़े थे। प्रिन्सिपल दूसरे छोर पर विराजे थे और शांति तोड़ते हुए टूटी फूटी हिंदी में बोले- "आप लोगों को बता तो चुका हूँ इनकी करतूत। दोनों मान भी रहे हैं कि इन्हीं का नोट था। ऐसे करेगा ये लोग तो ग़लत बात है। ये दोनों अच्छा बच्चा है। इसीलिए इनको मार्शल का बैच भी मिला"। ये सुनते ही आरव और अंकुर को अचानक एहसास हुआ कि वो भी तो पदाधिकारी हैं।

आरव ने इतने में अंकुर की तरफ़ देखा तो अब सारे आँसू इवैपरेट हो चुके थे। और महाशय अपनी नीली शर्ट पे लगा मार्शल का बैच सीधा करने में लगे थे। नज़र थोड़ा आगे रमाकांत पर पड़ी तो उनका क्रोध अभी भी सातवें आसमान पर था। तभी आरव की माँ ने चुप्पी तोड़ी और हल्की आवाज़ में पूछा- "बेटा नोट क्यों ख़रीदा था?"

एक तो माँ को वहाँ बैठा देख आरव को बहुत शर्म-सी लग रही थी और अब ये आवाज़। काँपतीं बोली में आरव ने जवाब दिया– "मम्मी रोज़ कोई ना कोई दोस्त ख़रीदता था। और सब क्लास में खेलते थे उससे। हमने भी बस ऐसे ही लिया था। वो ग़लती से कैंटीन पहुँच गए हम लोग। पर अब से नहीं करेंगे कभी।"

प्रिन्सिपल ने अपनी ऐनक ठीक करते हुए बोला- "तुम लड़का लोगों को ये मालूम है कि इस नकली नोट से कैंटीन वर्कर्स को नुक्सान हो सकता था। वो तुम स्टूडेंट्स के लिए कितनी मेहनत करता है। And also using fake note is a crime."

अंकुर और आरव को ये बात सुनकर आत्मग्लानि हुई। उन्होंने फिर से सबसे माफ़ी माँगी पर तब भी सज़ा तो मिलनी थी। प्रिन्सिपल ने दोनों का बैच एक महीने तक अपने पास रख लिया।

3

नोट के टुकड़े

स्कूल से आने के बाद आरव की माँ का मन विचलित था। आज पहली बार बच्चे की शिकायत सुनने ऐसे आपा-धापी में स्कूल जाना हुआ था। प्रिंसिपल ने किस्से को चरित्र से जोड़ कर जो बातें कहीं थी, वो अभी भी आरव की माँ के कानों में गूँज रही थी। आरव का परिवार कटरा में एक मकान की पहली मंज़िल पर किराये में रहता था जिसके भूतल में मकान मालिक और उनकी धर्मपत्नी रहते थे। 2 साल में मकान मालिक के परिवार से घरेलू रिश्ते बन चुके थे। आदतन नीचे उतरते, ऊपर चढ़ते बिना मकान मालकिन से मिले घर के दरवाज़े पहुँचना या निकलना होता ही नहीं था। आज पहली बार अपनी मकान मालकिन को नमस्ते किये बिना आरव की माँ सीधे ऊपर आ गयी थी। स्कूल के बाद आरव भी कुछ ऐसे ही दबे पाँव घर पहुँचा मानो कहीं से डाका डाल कर लौटा हो। घर पहुँच अभी भी वो माँ से नज़रें चुरा रहा था। अजीब किस्म की शर्मिंदगी थी।

शाम के करीब 7 बजे आरव के पापा घर में दाखिल हुए। अभी तक उनको इस किस्से की भनक तक नहीं थी। ऑफ़िस से आने के बाद आरव के पापा मम्मी साथ में चाय पीते थे। और चाय के साथ ही दिन

भर के किस्से-कहानियाँ एक दूसरे से साझा करते थे। आज चाय का पतीला बर्नर पर न देख आरव के पापा किचन में झाँक आरव की माँ के पास पहुँचे। घर में अलग सा सन्नाटा था।

"क्या हुआ इतना सन्नाटा क्यों है भाई? चाय नहीं बनाओगी सुधा?"

सुधा अपने कमरे में किताब पढ़ रही थी। किताब नीचे करते हुए जवाब दिया – "आज आरव के स्कूल से बुलाया गया था। प्रिंसिपल से मिलना हुआ।"

आरव के पिता ने ये सुन हँसते हुए पूछा – "ऐसा क्या बड़ा काम किया है हमारे सुपुत्र ने जो PTM तक नहीं रुक पाए स्कूल वाले?"

फिर शुरू हुआ पाठ। पाठ बाँचती हुई सुधा और सुनने वाले आरव के पापा और कमरे से बाहर खड़ा आरव। पाठ ख़त्म होते-होते आरव के पापा की हँसी गुस्से में तब्दील हो चुकी थी। ऐसे तो आरव के पापा बहुत मस्त मौला व्यक्तित्व के इंसान थे पर गुस्सा कब आ जाए इसका अंदाज़ा तो आरव की माँ को 20 साल की शादी में भी नहीं हो पाया था। पर आरव की बड़ी बहन सान्या के ऊपर पापा के इस मूड को काटने की परत चढ़ी थी। सान्या हमेशा से पापा की दुलारी थी। बेटियाँ अपने पापा की परी होती हैं इस बात को प्रमाणित करने के लिए आरव के पास न जाने कितने किस्से थे। आज कमरे के बाहर खड़ा आरव अपनी दीदी को बचाने के लिए भी नहीं बोल सकता था। आरव का पेंसिल बॉक्स लगाने वाली, स्कूल बैग लगाने वाली, खाने में अपना हिस्सा उसे दे देने वाली, अन्याय में ढाल बनने वाली एक कॉमरेड, सान्या को मेडिकल कॉलेज गए करीब 1 साल होने वाले थे।

सुधा उठी और लोहे की आलमीरा से अपना पर्स निकाल उसके अंदर पड़ा आरव का खरीदा 100 का नकली नोट उसके पापा के हाथों में पकड़ा दिया। दलीलें दी जा चुकी थीं और अब उपयुक्त कार्यवाही के लिए सबूत सामने रखा जा रहा था। कार्यवाही के लिए तेज़ स्वर में फैसला देने वाले ने अपराधी को कटघरे में हाज़िर होने का फरमान दिया। आरव को हर फरमान में क्रमशः अंकुर, सैवियो, मिस्टर डुकास, माँ और फिर बजरंगबली याद आए। छठी बार में कमरे के परदे से बाहर निकलता हुआ अपराधी अंदर कटघरे में पहुँच गया। उसके घुसते ही थप्पड़-घूसों की बारिश हो गयी। सुधा ने बीच में आदत अनुसार और ममत्व अनुकूल आरव के पापा को रोकने के 3- 4 असफल प्रयास किये पर ऐसे मामले शुरू माँ के हिसाब से होते हैं और ख़त्म पापा के हिसाब से। अंततः जिस नोट को आरव के पापा ने हाथ में पकड़ के धुनाई की थी वो गुस्से से फाड़ के ज़मीन पर फेंक दिया गया। कुटने के बाद आरव अभी मुड़ के अपने कमरे की ओर बढ़ा ही था कि टुकड़े बटोरने का आदेश भी आ गया। रोते हुए आरव ने जमीन से नोट के टुकड़े उठाए और किचन में रखी डस्टबिन में फेंक दिया।

अपने कमरे में पहुँचकर रोते-रोते आरव को कब नींद आ गयी पता ही नहीं चला। आरव की नींद की ख़ास बात ये थी कि उसको 15 मिनट की नींद में भी सपने आ जाते थे। और एक सपना ऐसा था जो घूम फिर कर अक्सर दोबारा आता था। जिस मकान में आरव अपने माँ पापा के साथ रहता था वो करीब 1600 वर्ग फुट में बना था। मकान की पहली मंज़िल पर 2 रूम थे, एक ड्राइंग रूम था जिससे सटी हुई एक किचन बनी थी। कमरे, ड्राइंग रूम और किचन मकान के पिछले हिस्से में बने थे। आगे की तरफ़ छत थी। पहली मंज़िल पर एक ही बाथरूम था और वो छत के दूसरे कोने में था। सपने में आरव अपनी छत से टॉयलेट की

तरफ़ जाता था। और टॉयलेट बंद करते ही वो ख़ुद को एक खँडहर के बीच में लम्बी लाइन में लगा पाता था। सपना चाहे दिन में आए या रात में, सपने में हमेशा रात होती थी। उसके आगे पीछे ना खत्म होने वाली लाइन होती थी जिसमे इंसान, जानवर सब एक साथ खड़े रहते थे। उन सब ने लाल रंग के कपड़े पहने होते थे। लाइन ख़त्म एक टेबल पर होती थी जिसके दूसरी तरफ़ एक भैंस रुपी मानव मुकुट पहनकर बैठा होता था। वो भैंस रुपी मानव सबके हाथ में एक पोटली सी पकड़ाता था। एक ही सपना कई बार देखने के बावजूद आरव बस एक बार ही उस लाइन के अंत तक पहुँच पाया था। पर तब पोटली के लिए हाथ बढ़ाने पर उस भैंस रुपी मानव ने आरव को देख कुछ सोच भारी आवाज़ में बोला था-

"तुमको पोटली नहीं मिल सकती।"

आरव ने गुस्से से पोटली को छीनने की कोशिश करते हुए पूछा था- "क्यों? मेरे से पहले तो सबको मिली है?"

"तुम्हारा समय अभी तक नहीं आया है।"

और ये सुनते ही आरव का सपना टूट गया था।

आरव आज भी लाइन में लगा था। हमेशा की तरह आज भी लाइन बहुत लम्बी थी। आगे खड़े सारे जीव जंतु धीरे-धीरे आगे बढ़ रहे थे। एकदम से आरव को प्रतीत हुआ कि उसके कंधे पर किसी ने हाथ रखा। मुड़ कर देखने पर आरव थोड़ा घबरा गया। इंसान के बराबर एक विशालकाय उल्लू उसके सामने खड़ा था। उल्लू आरव से बोला-

"मेरे पास समय नहीं है। मुझको अंत तक जल्दी पहुँचना है। क्या मैं तुम्हारे आगे लग सकता हूँ?"

ये किस्सा आरव के साथ पहली बार नहीं हो रहा था। इसके पहले भी इस सपने में उससे कई इंसान और जानवर उसके आगे लगने का आग्रह कर चुके थे पर वो हर बार मना कर देता था। उल्लू को आरव ने ध्यान से देखा। उल्लू की उम्र ज़्यादा थी। आरव ने आज बिना ज़्यादा सोचे उस बुज़ुर्ग उल्लू के लिए आगे खड़े होने का स्थान बना दिया। लाइन में पीछे लगा एक इंसान, जो आरव की उम्र का ही था ये देख कर गुस्सा हो गया। और बुज़ुर्ग उल्लू के पास पहुँचकर हँगामा करने लगा। पर आरव ने बीच में पड़कर, उस इंसान को समझा कर शांत कर दिया।

वापस आगे मुड़ने पर एकदम से सपना टूट गया। माँ हाथ में थाली लिए आरव को खाना खिलाने आई थी।

"मेरा राजा बेटा बिना खाना खाए सो गया। चलो उठो मैं खिला देती हूँ।"

आरव अभी भी माँ से नज़रे चुरा रहा था। माँ ने ये देखते हुए रोटी का कौर बनाया और सब्ज़ी लगा कर कौर खिलाते हुए बोली- "आगे से ऐसी शैतानियाँ बिल्कुल मत करना आरव जिससे दूसरे का नुकसान हो। हमेशा लोगों की मदद करनी चाहिए, उनका नुकसान नहीं।"

आरव ने सैवियो के बारे में सोचते हुए पूछा-

"हमेशा कोई परेशान करता हो तो? सैवियो की मदद तो मैं हम कभी नहीं करेंगे।"

माँ ने दूसरा कौर खिलाते हुए समझाया-

"आरव पता है गीता में लिखा है कि एक बुद्धिमान व्यक्ति सभी प्राणियों को समान रूप से देखता है, चाहे उनके कार्य या शत्रुता कुछ भी हो।"

माँ ने बातों-बातों में आरव को खाना खिलाया और ये भी समझाने की कोशिश की, हमेशा सबकी मदद करनी चाहिए। माँ के जाने के बाद आरव को काफ़ी देर तक नींद नहीं आई। रात 11 बजे के करीब आरव को भूख लगी और वो किचन में पहुँच गया। वो अपने पसंदीदा बिस्कुट ढूँढ ही रहा था कि तभी उसकी नज़र डस्टबिन से निकलती रोशनी पर जा टिकी।

आरव बहादुर बच्चा था। उसकी माँ अपनी सहेलियों से उसकी इस बात का हमेशा गुणगान किया करती थी। गिरने, चोट लगने, भीड़ में कहीं अकेला छूट जाने पर वो बाकि बच्चों से कम घबराता था।

अँधेरे में डस्टबिन से निकलती ऐसी रोशनी को देख आरव घबराया नहीं। आरव ने झुक कर देखा तो रात के खाने में कटी सब्ज़ियों और सलाद के छिलकों के नीचे किसी चीज़ से रोशनी निकल रही थी। आरव को लगा शायद डस्टबिन में ग़लती से टॉर्च गिर गयी होगी। इतना सोचते सोचते प्याज़ और आलू के छिलकों के नीचे टटोलते हुए उसकी उँगलियाँ डस्टबिन के अंदर पहुँची। पर उसे कोई ठोस वस्तु महसूस ही नहीं हुई- जैसे रोशनी किसी भ्रम की देन हो, या जैसे टॉर्च ने ख़ुद को हवा में घोल दिया हो। चमकती चीज़ को पकड़ने की कोशिश में आरव पहले डस्टबिन को ऊपर से निहारता फिर हाथ डाल कर रोशनी के स्त्रोत को टटोल कर ढूँढने की कोशिश करता। कई प्रयास के बाद अंततः एक पतली पेपर नुमा चीज़ हाथ में आई। आरव ने उस पेपर को ऊपर खींच कर निकाला तो दंग रह गया!

नकली नोट!!! जिसके टुकड़े उसने ज़मीन से उठा कर कुछ घंटो पहले डस्टबिन में फेंके थे वो अब वापस साबुत पहले जैसा ही नहीं हो गया था बल्कि चमक भी रहा था! नोट से हरे रंग की रोशनी निकल रही थी और उसके चारों ओर एक गाढ़ी हरी तरंग-सी चल रही थी! आरव ने

उसको पकड़ते ही वापस डस्टबिन में फेंक दिया मानों नंगे हाथो से कोई कीड़ा पकड़ लिया हो। घबराहट में पैर से डस्टबिन पलट गया। डस्टबिन गिरने की आवाज़ अंदर कमरे तक पहुँच चुकी थी। इसका प्रमाण सुधा की चूड़ियों की आवाज़ थी। जिस नकली नोट के चक्कर में अभी घर में इतना बवाल हुआ था आरव नहीं चाहता था कि उसकी वजह से वापस और हल्ला हो। जल्दी से डरते हुए नोट को अपनी जेब में डाल, डस्टबिन और उससे छलके, छिलकों को अपने स्थान में पहुँचा वो माँ के बाहर निकलने के पहले अपने रूम में घुस गया।

4

धर्मसंकट

अगले दिन, स्कूल में समय कुछ नींद के नशे में बीता और ज़्यादा नोट के जुड़ने और चमकने वाले रात के किस्से के बारे में सोचते हुए। नींद पूरी होती भी कैसे। बिस्तर पर लेटे नींद भरी आँखों के साथ खिड़की के बाहर देखते, सोचते कब सुबह हो गयी पता ही नहीं चला। किस्सा एक था पर उससे जुड़े सवाल बहुतेरे थे। क्या नोट में जादू है? अगर हाँ! तो कौन-सा जादू है नोट में? और सबसे बड़ा सवाल कि मेरे पास कैसे आया जादू? कल ही तो शर्मिंदगी हुई थी इस नोट की वजह से। सारे सवाल और बातें अपने अंदर रखने से बेहतर ख़याल आया कि अंकुर से पूरा किस्सा साझा कर ले। पर विचार किया कि अंकुर पेट में बात रख नहीं पाएगा। दूसरे हमराज़, अपनी बहन सान्या का भी ख़याल आया। पर फिर कंट्रोल करना बेहतर समझा। कुछ दिन बाद, माँ से ज़िद करके एक पर्स खरीदवाया और बहुत संभाल कर वो नोट उसमें रखा, अपने रूम की अलमारी के ऊपर छुपा दिया। अब आरव रोज़ रात को पर्स निकाल कर नोट को वापस चमकता हुआ देखने का इंतज़ार करता।

आरव के मन में उस नोट के बारे में जानने की इच्छा जागती जा रही थी। स्कूल के बाहर जिस दुकान से उसने वो नोट खरीदा था एक

दिन आरव वो नोट लेकर वहाँ पहुँच गया। दुकान संभाल रहे अंकल की तरफ़ उसने नकली नोट आगे करते हुए पूछा– "आप इसके बारे में क्या जानते हैं?"

सुबह का समय था। वो अंकल अभी अपनी दुकान सजा रहे थे। करीब 5 मिनट पहले ही शटर उठाया था। बच्चे के इस सवाल पर उन्होंने गौर नहीं किया और जवाब दिया- "बिका हुआ माल वापस नहीं होता है बच्चे।"

आरव को समझ नहीं आ रहा था कि वो जो पूछने आया है उसे किस तरह पूछे।

"आपको मालूम है ये नोट चमकता है?"

अंकल अभी भी अपने काम में व्यस्त थे। उन्होनें हँसते हुए जवाब दिया– "चमकने वाला नोट चाहिए? वो वाला नोट अलग है। अभी दिखाता हूँ।"

आरव के मन में बड़ी उथल-पुथल मच गयी। जिस नोट के चमत्कारी होने के ख़याल से उसके रात दिन बराबर हो रखे थे उसके चमत्कारी होने के रहस्य पर अब पूर्ण विराम लगने वाला था?

अंकल ने एक नोट निकाल कर आरव को दिखाया जिसमें लाइट पहले से लगी हुई थी। उन्होंने नोट के पीछे लगे एक बटन से नोट को जला-बुझा कर दिखाया। ये बिल्कुल अलग नोट था। अब आरव का दूसरा सवाल ज़ुबान पर था पर अंकल से कैसे पूछे, इसके लिए मन में शब्दों का तोड़ मरोड़ कर रहा था। बहुत सोचने के बाद दूसरा सवाल भी पूछ ही लिया-

"अगर ये नक़ली नोट फट जाते हैं तो अपने आप जुड़ भी जाते हैं क्या?"

अंकल अभी भी दुकान सजाने में व्यस्त थे। स्कूल के और 5-6 बच्चे भी कुछ ना कुछ सामान देखने दुकान के अंदर थे। छोटी-सी दुकान में 7 बंदे भी भीड़ से लग रहे थे। ये बात ऐसे तो आरव ने धीरे से अंकल के पास जाकर पूछी थी पर सुना वहाँ मौजूद हर बंदे ने। सुनते ही सब हँसने लगे। अंकल थोड़ा उम्रदराज़ थे और उनको लगा कि आरव दुकान में बस फिरकी लेने के लिए घुसा है। उन्होंने चिल्लाते हुए आरव की तरफ़ हाथ बढ़ाया-"चलो भागो यहाँ से। सुबह-सुबह धंधे में मज़ाक़ कर रहा है लड़का।"

आरव वहाँ से भागते हुए बाहर निकल आया।

10 साल के बच्चे के भीतर 35 साल के व्यस्क से 35 गुना ज़्यादा सवाल होते हैं। और इस मामले में आरव के सवालों को घी देते अंकुर के किस्से कहानियाँ भी तो थे। अंकुर को जादू की बातें करने में बहुत दिलचस्पी थी। आरव का घर अंकुर के घर के पास में होने की वजह से अक्सर दोनों का स्कूल के बाद शाम को मिलना हो जाया करता था और अड्डा अंकुर के घर की छत पर बना छज्जा हुआ करता था। छज्जे से पतंग उड़ाते हुए, इलाहाबाद की सुनी-सुनाई अघोरियों की कहानियों पर अंकुर को चर्चा करना बेहद पसंद था। इस परिवेश में रहने के बावजूद आरव को ये मानने में समय लग रहा था कि नोट वाला चमत्कार उसके साथ सही में हो रहा है।

जिज्ञासापूर्ण होने के साथ-साथ बच्चों का मन चंचल भी होता है और ज़्यादा देर एक जगह नहीं टिकता। इसलिए जब दिन महीनों में तब्दील हो कर बीतने लगे और आरव को अपने सवालों के जवाब मिलने का रास्ता बंद समझ आया तो नोट को लेकर जिज्ञासा भी शांत पड़ने लगी। पर दिवाली या ऐसे समय जब घर की सफाई होती तो वो किसी तरह पर्स को कहीं न कहीं छुपा देता ताकि माँ पापा की नज़र उस पर न पड़े।

साल बीते और आरव ग्यारहवीं क्लास में पहुँच गया। अगले साल बारहवीं का बोर्ड एग्ज़ाम था। दसवीं के बोर्ड में अच्छा रिजल्ट आने के बाद आरव ने PCM के साथ हिंदी चुना था। कंप्यूटर सब्जेक्ट से आरव को ना जाने किस बात का मन मुटाव था। ऐसे तो कहना चाहिए कि दोनों को ही एक दूसरे का व्यक्तित्व पसंद नहीं था। दसवीं में आरव और C++ की भेंट के बाद पूरा मामला क्रिस्टल क्लियर हो चुका था।

ऐसे तो स्कूल में दोस्तों के बीच कोटा में इंजीनियरिंग एग्ज़ाम की तैयारी, करियर, नौकरी इन सब की बातें दसवीं से ही शुरू हो चुकी थीं पर अब बातों में गंभीरता भी थी। ईरोडोव के सामने एच. सी. वर्मा के सवाल हल करने वालों को हलके में लिए जाने वाला ज़माना था ये।

कुछ दिन बाद परीक्षाएँ हुईं और आज क्लास में टीचर्स बच्चों को उनकी लिखी कॉपीज़ दिखा कर मार्क्स बताने वाले थे। लगभग पूरी क्लास को फिजिक्स के मार्क्स की सबसे ज़्यादा चिंता थी क्योंकि सभी बच्चों का एग्ज़ाम ख़राब हुआ था। टीचर ने पेपर ही कठिन सेट किया था और इत्तेफ़ाक़ से पहला सब्जेक्ट जिसकी कॉपीज़ आईं- वो फिजिक्स का ही था। कॉपी रोल नंबर के हिसाब से नहीं लगी थी। रोल नंबर बुलाए जाने पर अपने मार्क्स देख, पहले लड़कों को झटका लग रहा था पर फिर थोड़ी ही देर बाद ही ये लड़के उंगलियों के इशारों से दूर बैठे दोस्तों को अपने नंबर बताते देखे जा रहे थे। अभी आरव क्लास में सबसे आगे वाली बेंच में अपने एक दोस्त- आशीष के साथ बैठा था।

बेंच पर बैठा तीसरा दोस्त- वरुण, क्लास मॉनिटर था और इसलिए वो टीचर को सबकी कॉपीज़ बाँटने में मदद कर रहा था। टीचर ने पेंसिल से कॉपी के पहले पन्ने पर टोटल मार्क्स लिख कर उस पर गोला बनाया हुआ था। पेंसिल इस्तेमाल करने का कारण टोटल मिस्टेक या रीचेकिंग मामलों में कॉपी में काटा-पीटी से बचना था। स्टूडेंट के टोटल मिस्टेक

बताए जाने वाले मामलों में टीचर पहले वरुण से टोटल करवाते और तब ही फाइनल मार्क्स लिखते।

कुल मिलाकर वरुण के पास बहुत ज़रूरी काम था। और ये काम उसको सौंपा भी इसलिए गया था क्योंकि वो बहुत ही ईमानदार लड़का था। पहली बेंच में बैठे तीन दोस्तों में से पहली कॉपी वरुण की निकली। वरुण को कॉपी देते हुए टीचर ने बताया की उसको क्लास में सबसे ज़्यादा मार्क्स मिले थे और वो थे 54। अभी 14 बच्चों को कॉपीज़ बँटी थी जिनमें से 5 फेल थे और बाकी बॉर्डर लाइन 40 के इर्द गिर्द। क्लास में सबकी हवा टाइट थी।

अगला रोल नंबर आरव का बुलाया गया और टीचर के हाथ से कॉपी वरुण के पास से आरव के हाथों में आते आते आरव की धड़कनें स्लो मोशन में उसको ख़ुद को भी सुनाई दे रही थीं। आँख बंद करके खोलने पर पहला नंबर 4 दिखा और आरव की धड़कन फट्ट से नार्मल हो गयी। टोटल था 42। आज अभी इस वक्त क्लास में बैठे किसी भी बच्चे को टॉपर बनने की इच्छा नहीं थी।

अब बचा था आशीष। आशीष बेंच पे दीवार की तरफ़ वाले कोने में बैठा था। नंबर बुलाया गया और कॉपी हाथ में आई। पेंसिल से लिखा था- 34। ये पढ़ते ही आशीष दोनों हाथों में कॉपी पकड़े दीवार की तरफ़ चक्कर खा धुनक गया। मुँह पर पानी पड़ने के बाद आशीष की आँखें खुली और कॉपी दिखाने का कारवां आगे बढ़ गया। कुछ देर बाद आशीष ने वरुण को कुछ इशारे करने शुरू किए। इशारों में वो वरुण का टोटल बढ़ाने को बोल रहा था। पर वरुण जैसा ईमानदार लड़का ये करने को कैसे भी तैयार नहीं था।

वरुण के लिए ये एक बड़ा धर्मसंकट था। पर कुछ देर बाद उसने एक उपाय निकाल ही लिया। आरव को कुछ इशारा करने के बाद वो

टीचर से टॉयलेट जाने की आज्ञा ले क्लास से बाहर निकल गया। पहली बेंच पर बैठा आरव फिजिक्स टीचर की गुड बुक्स में था और ये वरुण को पता था। छोड़ा तीर निशाने पर लग गया। आरव को वरुण की जगह लेने बुला लिया गया।

आशीष ने टीचर से टोटल मिस्टेक की गुहार लगाई। कॉपी टीचर से आरव के पास पहुँची और आरव ने मौका देखते हुए 34 को 41 कर दिया। पर टीचर ने वरुण के वापस आने तक आरव की टोटल की कॉपी साइड रख ली। अब क्लास में 2 लोगों की धड़कने बाक़ी सबसे तेज़ चल रही थीं। वरुण के आते ही टीचर ने कॉपी उसको दोबारा टोटल करने को पकड़ा दी। टोटल फिर से किया गया और अब 3 लोगों की धड़कने बराबर और सबसे तेज़ चल रही थी। वरुण ने चालाकी से बिना बोले कॉपी, टीचर के साइड बाकी टोटल मिस्टेक वाली कॉपीज़ के साथ रख दी। थोड़ी देर बाद पेंसिल से लिखा 34 पेन से लिखे 41 में बदल चुका था। कहानी लगभग वैसी ही थी जैसे युधिष्ठिर ने अश्वत्थामा की मृत्यु की ख़बर द्रोणाचार्य को दी थी। बस यहाँ वरुण किसी रथ में नहीं था जो इस घटना के बाद 4 ऊँगली नीचे ज़मीन को छू जाता।

5

धर्म ज्ञान

आरव एक इंटर-स्कूल म्यूजिक प्रतियोगिता में भाग लेकर लखनऊ से इलाहाबाद आज ही लौटा था। वो अपने स्कूल के बैंड में सिंगर और गिटारिस्ट था। प्रतियोगिता में आरव के स्कूल के बैंड को द्वितीय पुरस्कार मिला था। सबने आरव के गाने की बहुत तारीफ की थी। पूरे दिन की थकान के साथ खाना खाकर आरव अभी बिस्तर में लेटा ही था कि नींद ने उसे आगोश में ले लिया। आरव आज काफ़ी साल बाद वापस खंडहर और भैंस रुपी मानव वाले सपने में था। आज आरव लाइन में सबसे पीछे खड़ा था। उसने कुछ दूर आगे तक देखा तो उसको वही बुज़ुर्ग उल्लू दिखाई पड़े।

सपने की ख़ास बात ये थी कि उसमें रहते हुए आरव को अपने जीवन और पुराने सपनों की जानकारी रहती थी। पर सामान्य जीवन वाले आरव को सपने और उसमें हो रही चीज़ों की कोई जानकारी नहीं थी।

आखिरी बार उल्लू से हुई मुलाक़ात और किस्से को याद करते हुए आरव ने उल्लू से आगे जगह देने की विनती की। पर उल्लू ने इंकार कर दिया।

"पर हमने तो उस दिन आपके लिए जगह बनाई थी।"

उल्लू ने अपना ऐनक ठीक करते हुए आरव को जवाब दिया

"तो तुमने ये सोच कर मदद की थी कि मुझसे मदद लोगे एक दिन?"

"बिल्कुल नही! पर क्योंकि आज हमको आप दिखे और हमको मेरी मदद याद आई तो आपके पास आ गए।"

"अच्छा। पर ये ज़रूरी तो नहीं ना कि मैं तुम्हारी मदद करूँगा।"

आरव को इस बात पर बहुत गुस्सा आया। वो बुज़ुर्ग उल्लू को घूरता रहा पर कुछ बोल नहीं पाया। जैसे ही पलट कर वापस पीछे अपनी पहले वाली जगह के लिए कदम उठाया तो उल्लू ने उसे रोकते हुए अपने आगे जगह बना दी।

आरव खीजते हुए उसके आगे जाकर खड़ा हो गया। थोड़ी देर में उल्लू ने भारी आवाज़ में पूछा-

"आशीष की मदद क्यों की नंबर बढ़ाने में?"

आरव चौक कर पीछे मुड़ा और उल्लू से पूछा-

"आपको कैसे पता हमने आशीष की मदद की?"

"मुझको सब पता है। तो क्यों की मदद?"

"मेरा दोस्त है वो, क्यों नहीं करते मदद?"

"ये मालूम होते हुए भी कि इसको मदद नहीं बेईमानी बोला जाता है?"

आरव कुछ सेकंड शांत हो सोचने लगा और जवाब दिया-

“लेकिन अगर मेरा दोस्त परेशान था, तो क्या उसकी किसी भी तरह से मदद नहीं करनी चाहिए थी?”

“उसे धोखा देने में मदद करना तुरंत समर्थन लग सकता है, लेकिन इस मदद ने उसकी क्षमता और तुम्हारे अपने मूल्यों को कमज़ोर करने का काम किया। सच्ची मदद तब होती जब तुम उसे ईमानदारी से अपने कर्तव्य को पूरा करने के लिए प्रोत्साहित करते।”

“लेकिन ऐसे तो आशीष फ़ेल हो जाता?”

“असफलता सीखने का एक हिस्सा है। यह चरित्र और सहनशीलता को बढ़ाता है। धर्म का सार सही तरीके से कार्य करना है, भले ही रास्ता कठिन हो।”

“पर वो पकड़ा तो नहीं गया न? क्या इसका मतलब यह नहीं कि जो हुआ ठीक हुआ?”

“ऐसा बिल्कुल नहीं है। परिणाम केवल बाहरी नहीं होते। धोखाधड़ी एक असत्यता का चक्र बनाती है। ब्रह्मांड ख़ुद को संतुलित करता है, और बेईमानी के कार्य अंततः हानि लाते हैं।”

ये बोलते ही एकदम से आरव को हल्की-हल्की आवाज़ में कोई गाते सुनाई दिया। धीरे से एक आवाज़ को साथ देती, दो और आवाज़ें कान में गूंजने लगी। कुछ ही सेकंड में आरव सपनों की अपनी दुनिया से बाहर आ गया और सामने उसकी बहन सान्या केक लेकर खड़ी थी। पीछे माँ और पापा जन्मदिन का गीत गा रहे थे। आज आरव का जन्मदिन था। रात के 12:03 बज रहे थे। आरव की बहन सान्या अपने छोटे भाई को सरप्राइज देने दिल्ली से इलाहाबाद अभी कुछ देर पहले ही पहुँची थी।

केक काटा गया और माँ पापा के रूम में बैठ बातों के लम्बे सत्र के बाद आरव और सान्या दूसरे रूम में आ गए।

"स्कूल में क्या चल रहा है?"

आरव ने जवाब दिया-

"बस वही सब पुराना।"

"और वो नोट वापस जला क्या?"

ये पूछते ही सान्या ज़ोर से हँसने लगी। और उसको देख कर आरव भी। वो नोट और उससे जुड़ा किस्सा अब मज़ाक बन कर ही रह गया था। बातों-बातों में हमेशा सान्या उस नोट की तफरी ले लिया करती थी।

नकली नोट को चमकते हुए देखने वाले दिन से 3-4 साल बाद तक जब आरव से नोट की गुत्थी हल नहीं हुई थी तब उसने अपनी बहन सान्या को एक बार उसका पूरा किस्सा सुनाया था। पर प्रूफ के लिए आज तक आरव के पर्स में पड़े उस 100 रुपये के नकली साबुत नोट के अलावा और कुछ नही था।

"हँस लो तुम। वैसे हमको पता है तुम सत्यम से मिलने आई हो इलाहाबाद। मेरा बर्थडे तो बस बहाना है।"

सान्या हँसते-हँसते चुप हो गयी। सत्यम उनके मकान मालिक का बेटा था। सत्यम, सान्या से एक साल बड़ा था। सान्या और सत्यम की दोस्ती बचपन में तब हुई थी जब उन्हें पता चला था कि दोनों मेडिकल एंट्रेंस एग्ज़ाम की तैयारी कर रहे थे। पढ़ाई ख़त्म करने के बाद अब अलग-अलग शहरों में प्रैक्टिस कर रहे थे। और अब कभी-कभार मिलना होता था जब दोनों एक समय पर घर में होते थे। आरव को

हमेशा से शक रहता था कि सत्यम और सान्या एक दूसरे को बता कर छुट्टी में आते हैं।

"बोलो-बोलो चुप क्यों हो गयी? सत्यम भी कल ही आया है घर।"

सान्या ने अपना बैग ऊपर बिस्तर में रखते हुए जवाब दिया-

"तुम गधे हो बे। कुछ भी बोलते हो।"

फिर बैग से एक टी-शर्ट निकाल कर आरव को देते हुए बोली-

"ये पहन कर दिखाओ। लगने तो स्मार्ट चाहिए।"

आरव ने टी-शर्ट लपकते हुए फट से पहन भी ली।

बर्थडे के दिन शाम को आरव ने इलाहाबाद के सिविल लाइन्स इलाके में अंकुर, आशीष,वरुण के साथ खूब मस्ती की। दो चीज़ों की ट्रीट देनी थी। एक लखनऊ में मिले अवार्ड की और दूसरी अपने जन्मदिन की। इतने सालों में आरव 3 पर्स बदल चुका था। पर पर्स में एक वो नोट बना हुआ था। आरव हर जन्मदिन पर उस नोट को बाकी दिनों से ज़्यादा देखता था। उसको ऐसा लगता था कि शायद जन्मदिन के दिन वो दोबारा चमकेगा। आज भी सान्या से मिले पैसे निकालने वक़्त उसने उस नोट की तरफ़ देखते हुए वही सोचा। पर नोट आज भी नहीं चमका।

सान्या 3 दिन बाद वापस दिल्ली लौट गयी। ऐसे तो आरव को उसके आने पर अपना पर्सनल स्पेस छिन्न-भिन्न होता समझ आता था। पर सान्या के चले जाने पर आरव कुछ दिन मायूस रहता था। वक़्त के बारे में ऐसे तो कई बातें और नज़रिये हैं। पर एक नज़रिया सबसे ज़्यादा गौर करने वाला है- उम्र के हर पड़ाव पर, समय जो हम रिश्तों को देते हैं, वो बदलता रहता है।

6

बैक एंड ब्यूटीफुल

आरव का बॉयज स्कूल था। पूरे साल में एक ही दिन स्कूल की दीवारों को गुलाब और बाकी फूलों का दीदार होता था। आज टीचर्स डे था। ग्रीटिंग कार्ड्स, चॉकलेट्स, गुलाब, गुलदस्ते... सारे बच्चे कुछ न कुछ अपने टीचर्स को देने के लिए एक क्लास से दूसरी क्लास में जाते निकलते देखे जा सकते थे। ऑडिटोरियम का नज़ारा अलग था। अलग-अलग क्लास के बच्चों ने टीचर्स के लिए कुछ न कुछ परफॉरमेंस तैयार की थी। आरव ने बैंड परफॉरमेंस के साथ साथ स्कूल में एक प्ले के लिए स्क्रिप्ट लिखी थी। कुछ मिनट पहले के रिहर्सल चल रहे थे। प्ले में अंकुर भी था। आरव ने प्ले लिखा भी था और डायरेक्ट भी किया था। इसलिए थोड़ा नर्वस था। कुछ ही देर में टीम स्टेज पर थी और अच्छा परफॉर्म कर रही थी कि तभी एक डायलॉग से टीचर्स कुछ खफा से हो गए। एक सीनियर बैच के स्टूडेंट- चिराग, जो कॉलेज कप्तान भी था ने आकर उनकी परफॉरमेंस बीच में ही बंद करवा दी। आरव गुस्से से ज़्यादा उदास था क्योंकि तैयारी में अच्छी खासी मेहनत लगी थी।

फंक्शन ख़त्म हुआ और अपेक्षा के विपरीत परफॉर्म करने वाली टीम को प्रिंसिपल ऑफ़िस नहीं बुलाया गया। आरव चाह रहा था कि कम से कम उसको परफॉरमेंस बीच में रोकने की वजह तो बता दी

जाए। पर ऐसा नहीं हुआ। साइकिल से घर लौटते वक्त, कड़ी धूप थी। अपनी साइकिल से अंकुर भी आरव के साथ था। स्कूल सिविल लाइन्स में था और घर पहुँचने के लिए सबसे छोटे रास्ते में अंग्रेज़ों के समय बने कंपनी गार्डन से गुज़रना पड़ता था। गार्डन से निकल दोनों के घर का रास्ता अलग हो जाता था। आज गार्डन से बाहर निकलकर थोड़ी दूर पर एक कुल्फी का ठेला दिखा तो आरव ने ठेले के पास पहुँच अपनी साइकिल लगा दी। अंकुर भी पीछे पीछे उस ठेले के पास पहुँच गया।

ठेले पर कुल्फी बेचने वाला खड़ा लड़का, आरव से कुछ 3-4 साल बड़ा होगा। बगल में ही उसकी छोटी बहन भी खड़ी थी। साइकिल से उतरने तक में वो छोटी बच्ची दो बार थोड़ी दूर ज़मीन पर लेटी माँ के पास जाकर आ चुकी थी। और बार-बार वापस आ कर अपने भाई को बता रही थी कि माँ की तबियत ख़राब है। आरव और अंकुर को आते देख लड़के की आँखों में एक आस सी जग गयी। आरव ने आगे बढ़ते हुए लड़के से 2 कुल्फी मांगी। कुल्फी निकाल कर देने के बाद लड़का चुप चाप खड़ा आरव और अंकुर की आइस क्रीम खाने के दौरान की बातें सुनता रहा।

"क्या लगता है क्यों बंद करवाया होगा?"

आरव ने कुल्फी खाते हुए और रोड पर चल रही गाड़ियों को देखते हुए जवाब दिया-

"पता नहीं क्या ख़राब लग गया।"

"कपड़े तो नहीं ख़राब लग गए?"

"कौन-सा बिकिनी पहन कर चढ़े थे हम स्टेज पर। जीभ से तुतलाना ठीक हुआ तो अब दिमाग़ से तुतलाने लगे हो तुम।"

अंकुर कुल्फी चूसता हुए बोला।

"हमको लग रहा हिंदी में लिखा तुमने प्ले इसलिए हुआ होगा ये। उनको अंग्रेजी सुननी थी और तुम हिंदी में लिख दिए।"

सामने ही हाथी पार्क था। आरव वहाँ खेल रहे छोटे बच्चों को देख रहा था। एक बार नज़र ठेले पर खड़े लड़के की छोटी बहन पर भी गयी। वो भी अभी अंदर पार्क में खेलते बच्चों को देख रही थी। जो प्राप्त है वही पर्याप्त है जैसे बड़े-बड़े वाक्य यहाँ अमल नहीं होते। आरव का दोनों नज़ारों में अंतर महसूस कर पाना मुश्किल नहीं था। पार्क के अंदर खेलते बच्चों के माँ बाप उनको खिलाने में तल्लीन थे। सबने ठीक-ठाक कपड़े पहने थे। और इधर इस बच्ची की खाँसती हुई माँ सड़क के कोने पर फटी साड़ी में बिना चादर बिछाए ज़मीन पर पड़ी थी।

अंकुर ने वापस पूछा- "तुमको नहीं लगता क्या ऐसा? अबे बोलोगे कुछ?"

आरव ने अंकुर की तरफ़ घूरते हुए जवाब दिया

"जैसे इंग्लिश में लिख देते तो तुम बोल पाते ठीक से। हिंदी में तो बोला नहीं जा रहा था।"

कुछ देर सोचते हुए अंकुर ने आरव से पूछा- "वरुण को दिखाई थी स्क्रिप्ट?"

"वो गुस्सा है यार, हमसे और आशीष से"

"क्यों भाई? ऐसा क्या कर दिया तुम लोगों ने?"

आरव ने डंडी पर बची कुल्फी का आखिरी टुकड़ा मुँह में लिया और डंडी को पास पड़े डस्टबिन में फेंकते हुए अंकुर से बोला- "चलो निकलते हैं।"

"इतनी जल्दी क्या है?"

"फिजिक्स में जो इतने अच्छे नंबर आए हैं न उसके बाद पापा ने घर में एक फिजिक्स का ट्यूशन लगवा दिया है। पढ़ाने के लिए मास्टर साब आते ही होंगे।"

अंकुर ने हँसते हुए कहा- "हम तो फ़ेल हो गए पर हमारा किसी ने ट्यूशन नहीं लगवाया।"

"तुम्हारा लगवा भी देंगे तब भी फेल ही होगे तुम। पढ़ाई में डब्बा गोल होता जा रहा है तुम्हारा।"

अंकुर और आरव दोनों ने पर्स से अपनी-अपनी कुल्फी के 2-2 रुपये निकाल कर ठेले वाले लड़के को दे दिए। लड़का अभी तक उनकी सारी बातें सुन रहा था और आरव को अपनी बहन और माँ को देखते हुए भी देखा था।

लड़के ने रुपये लेकर हल्की आवाज़ में आरव से कहा, "भईया, माँ बीमार है। एक-दो कुल्फी और खा लो। डॉक्टर के पास जाने के लिए पैसे जोड़ रहे हैं।"

अंकुर ने हँसते हुए जवाब दिया- "अबे इतनी भी अच्छी नहीं थी तुम्हारी कुल्फी।"

आरव ऐसे तो, मौज मस्ती वाला लड़का था और दोस्तों के साथ खूब शरारतें करता था पर ग़रीब को देखकर थोड़ा सहज हो जाता था। अंकुर को थोड़ा दूर ले जाकर पूछा- "तुम्हारे पास कितने रुपये हैं?"

अंकुर ने जवाब दिया- "ऐसा है देखो सोचना भी मत। मेरे पास 3 बचे हैं। पर दूँगा मैं एक भी नहीं, कैसे-कैसे तो रुपये जुगाड़ते हैं यार घर से। और इन लोगों का क्या है ये तो सबसे यही बाते करते हैं।"

आरव ने पर्स खोल कर देखा तो वही 100 रुपये का नकली नोट पड़ा था और बाकी एक 10 का नोट था।

आरव ने लड़के की तरफ़ मुड़ कर पूछा- "कितने की ज़रूरत है?"

लड़के ने सकुचाते हुए जवाब दिया- "भईया जी डॉक्टर को दिखाने में 100 रुपये लगेंगे। बाकी दवाई लेने के लिए 50 रुपये हैं मेरे पास।"

आरव ने ये सोचते हुए पर्स खोला कि 100 नहीं तो 10 रुपये ही दे देगा। पर पर्स खोलते ही वो उसके हाथ से छूट गया। घबराहट मे बगल में पड़े डस्टबिन पर उसके पैर लगने से डस्टबिन गिर गया। पर्स से वही, हरी रोशनी निकल रही थी। नोट के बाहरी तरफ़ चलती गाढ़ी हरी तरंगे किसी को भी मंत्रमुग्ध करने में सक्षम थीं।

पर्स अंकुर के पैर के पास जाकर गिरा था। वो पर्स उठाने के लिए आगे बढ़ा तो आरव ने उसे धक्का देकर तुरंत पर्स उठा लिया। धक्का इतनी तेज़ था कि अंकुर, आरव की साइकिल के ऊपर जाकर गिरा। साइकिल और अंकुर दोनों ज़मीन पर थे। अंकुर को बिल्कुल समझ नहीं आया कि आखिर ये हुआ क्या। उठते हुए उसने आरव की साइकिल पर लात मारते हुए बोला- "पागल हो क्या बे? धक्का क्यों दिया?"

आरव हैरान था। अंकुर के कई बार मना करने पर भी उसने जल्दबाजी में लड़के को 10 रुपये का नोट पकड़ाया और साइकिल लेकर वहाँ से निकल गया। आरव ठेले से निकलने के बाद बहुत ज़ोर-ज़ोर से पैडल पर पैर मार रहा था। आरव की साँस फूल रही थी पर वो घर जल्दी पहुँचना चाहता था। अंकुर उससे काफ़ी पीछे रह गया था। अपने घर के रास्ते मुड़ने से पहले आरव को कुछ बोलना चाहा पर उसको इतना डूबा देख कुछ बोल नहीं पाया। आरव अंदर ही अंदर ख़ुश था कि उसका चमत्कारी नोट अभी भी चमकता है। पर साथ ही साथ घबराया हुआ भी था।

करीब 6 साल बाद वो नकली नोट आज वापस चमक रहा था।

7

असली नोट

घर पहुँचकर आरव, तसल्ली से अपने चमत्कारी नोट को सालों बाद चमकते देखना चाहता था पर उसके घर पहुँचने से पहले ही ट्यूशन टीचर घर में उसका इंतज़ार कर रहे थे। माँ ने आरव को इतना हाँफते हुए और पसीने में तर देखा तो घबरा गयी। आरव की शर्ट पसीने से पूरी गीली हो चुकी थी। तेज़ी से आरव के पास आकर माँ ने पूछा- "क्या हुआ आरव? इतना हाँफ क्यों रहे हो?"

आरव ने बिना समय गँवाए हुए जवाब दिया- "अरे माँ वो न अंकुर के साथ साइकिल रेस कर रहे थे। इसलिए साँस चढ़ गयी।"

ट्यूशन टीचर का नाम शम्भू था। ड्राइंग रूम में चल रहे इस नज़ारे को देखते हुए बोले- "कहाँ आंटी, आप भी घबरा जाती हो। ये बच्चों का रोज़ का खेल है। आप खामखा परेशान हो जाती हो छोटी-छोटी बातों में। हम तो बचपन में क्या-क्या करते थे।"

आरव को शम्भू जी की इसी बात से नफ़रत थी। किसी भी बात पर अपने बचपन की कहानियाँ बताना शुरू कर देते थे। फिर ट्यूशन का आधा समय कहानियाँ सुनने-सुनाने में निकलता था। आज भी किस्सा

छिड़ गया था। सुधा बेचारी अब शम्भू जी के किस्सों के जाल में फँस चुकी थी।

अपने रूम में पहुँचकर आरव ने पहले जल्दी से दरवाज़ा बंद किया और फिर अपना पर्स खोल कर देखा तो मायूस और भौचक्का होकर बिस्तर पर एक तरफ़ टेक लगा कर बैठ गया। मायूस इसलिए क्योंकि नोट की रोशनी बंद हो चुकी थी। आश्चर्य और परेशानी की वजह थी, पर्स के अंदर पड़ा 10 रुपये का नोट। आरव थोड़ा चकरा गया था। उसको अच्छी तरह याद था कि उसके पर्स में एक 100 रुपये के नक़ली नोट के अलावा एक 10 रुपये का नोट और 2 रुपये का सिक्का था। 2 रुपये के सिक्के से उसने कुल्फी ख़रीदी थी और बचे 10 रुपये का नोट उसने कुछ देर पहले ही उस ठेले वाले लड़के को दिया था। इतने में बाहर से माँ की आवाज़ आई- “बेटा जल्दी आकर खाना लो। शम्भू सर तुम्हारा इंतज़ार कर रहे हैं।”

आरव कमरे से बाहर निकला। माँ ने खाना टेबल पर निकाल कर रख दिया था पर आरव एक दो चमच्च से ज़्यादा चावल खा नहीं पाया। प्लेट ढँककर अंदर किचन में रख आया और फिर अलमारी से किताब निकालकर शम्भू सर के सामने बेमन से बैठ गया। आज सर काइनेटिक थ्योरी पढ़ा रहे थे। प्रेशर, वॉल्यूम, टेम्परेचर आज गैस का नहीं, आरव का पढ़ना चाहिए था। वो इंतज़ार में था कि कब ट्यूशन का समय ख़त्म हो और वो वापस ठेले वाले के पास जाकरअपनी जिज्ञासा शांत कर पाए।

एक घंटा बड़ी मुश्किल से बीता और शम्भू जी अपना बैग उठाकर आरव को हल करने के लिए कुछ न्यूमेरिकल्स देकर रवाना हुए। आरव ने माँ को बताने भर का भी इंतज़ार नहीं किया और साइकिल उठा कर वापस उस ठेले वाली जगह पहुँच गया। आरव उस लड़के को दिया हुआ

अपना 10 रुपये का नोट देखना चाहता था। पर वहाँ अब कोई ठेला नहीं खड़ा था। ना लड़का था, ना वो छोटी बच्ची और ना ही दूर लेटी उनकी बूढ़ी माँ। आरव ने आस-पास के कुछ क्लिनिक के बाहर उन तीनों को ढूँढने की कोशिश की पर वो नहीं दिखे। अंत में उसने ये सोच कर वापस घर की तरफ़ साइकिल मोड़ ली कि वो लड़का अपनी माँ को शायद दूर के सरकारी अस्पताल ले गया होगा।

घर आकर आरव सोच में था कि 6 साल बाद वो नोट एक्टिव हुआ तो हुआ कैसे। उसने नोट के पहली बार चमकने के पहले की घटनाओं का अनुक्रम याद किया। पहले मार खाना, फिर रोना, फिर नोट का डस्टबिन में जाना, फिर उसका सोना, खाना, किचन में जाना ये सब ध्यान में आया। पर पुराने किसी भी वाकये से आज का कोई मेल समझ नहीं आया।

दिन में नोट चमकने के बाद अब आरव स्कूल में क्लास के दौरान भी अपना पर्स हर 15 मिनट में खोल कर देख लेता था। आरव पढ़ाई में हमेशा से एबव एवरेज स्टूडेंट था पर म्यूजिक और थिएटर की वजह से पूरे स्कूल में फेमस था। इस चीज़ का फ़ायदा आरव को अपनी बदमाशियाँ छुपाने में भी मिल जाता था। प्रिंसिपल तक को मालूम था की आरव कई बार अपने दोस्तों के साथ स्कूल बंक करता है। पर तब भी उसके अगेंस्ट कोई बड़ी कम्प्लेन नहीं की जाती थी। एक बार स्कूल की दीवार कूदते वक़्त आरव को प्रिंसिपल ने देख लिया था। वो अपने ड्राइवर के साथ स्कूल के बाहर से ही गुज़र रहे थे। उन्होंने तब आरव को अपनी गाड़ी में बैठाकर उसके घर तक छोड़ा था। बचने के लिए आरव को घर में तबियत ख़राब होने का बहाना बनाना पड़ा था।

अंकुर 2 दिन से स्कूल नहीं गया था। आज शम्भू सर ने भी क्लास नहीं रखी थी इसलिए आरव ने अंकुर के घर जाकर उसके ना आने का

कारण पता करना चाहा। घर पहुँचकर अंकुर की दादी से पता चला कि वो हॉस्पिटल में भर्ती है और उसको टीचर्स डे के दिन घर लौटने के बाद पैरालिसिस अटैक आया था। आरव ने चौंक कर ये सुनते ही साइकिल घुमाई और सीधे दादी के बताए हॉस्पिटल पहुँच गया। आरव ने हेल्प डेस्क से अंकुर का रूम नंबर पता किया और विजिटर पास के बिना ही कुछ जुगाड़ लगा कर पूछते-पूछते वो अंकुर के वार्ड में पहुँच गया। दरवाज़ा खोला तो देखा वो शेयरिंग वार्ड था। अंकुर के अलावा एक और मरीज़ भी भर्ती था उस वार्ड में। उस टाइम अंकुर अकेला लेटा था। उसके साथ कोई नहीं था वहाँ। आरव ने जाकर उसको आवाज़ दी तो अंकुर ने हल्के से आँखें खोली। उसके शरीर का आधा हिस्सा अकड़ चुका था। बोलने की कोशिश की पर कुछ बोल नहीं पाया। अंकुर ने आरव से उसे पेन पेपर देने का इशारा किया। आरव ने कहीं से पेन-पेपर लाकर अंकुर को दिया। बड़ी मुश्किल से अंकुर ने पेपर में कुछ लिखा और आरव की तरफ़ कर दिया। राइटिंग बहुत ख़राब थी। आरव को समझने में मुश्किल हुई पर आखिर समझ गया। पेपर में लिखा था- "कुल्फी में कुछ मिला था।"

पढ़ कर आरव के चेहरे पर उलझन भरे भाव उमड़ आए। मन ही मन सोचा कि फिर उसको कुछ क्यों नहीं हुआ? इतनी देर में अंकुर की मम्मी और रमाकांत ने वार्ड में प्रवेश किया। आरव ने उनको देखकर पैर छुए और फिर अंकुर की माँ ने एक सवाल पूछा- "आरव उस दिन क्या हुआ था?"

आरव ने पूरी कहानी अंकुर की माँ को बताई। और उसकी माँ ने निष्कर्ष ये निकाला कि ठन्डे गर्म की वजह से आया है अटैक। अंकुर ये सब सुन रहा था और अपनी माँ की बात ख़त्म होने पर उसने आरव को देखकर आँख झपकाकर चुप रहने का इशारा कर दिया। वो चाहता था

कि उसके माँ पापा कुछ और ज़्यादा गलत न सोचें, पर आरव के अंदर अंकुर के लिखे शब्दों से खलबली मच चुकी थी।

आरव कुछ सोचते-सोचते हॉस्पिटल के बाहर निकल रहा था कि वो किसी से टकरा गया। उस बन्दे के हाथ से कुछ कागज़ ज़मीन पर गिर गए। आरव ने बिना देखे माफ़ी माँगते हुए सारे पेपर उठाए और उठकर जब ऊपर उस इंसान को देखा तो वो वही ठेले वाला लड़का था। आरव दंग रह गया। अभी आरव उसी के बारे में तो सोच रहा था। आरव ने उससे सवाल किया, "तुम यहाँ कैसे?"

"भईया जी उस दिन आपको बताया था न कि माँ की तबियत ख़राब है। उन्हीं को दिखाने लाए थे यहाँ उस दिन। आज वापस बुलाया था।"

आरव को उसकी बात पर विश्वास नहीं हुआ। वो उसके साथ उसकी माँ को देखने हॉस्पिटल के पीछे गया तो देखा वही बूढ़ी औरत और बच्ची वहाँ ज़मीन पर बैठ थे और बगल में कुल्फी का ठेला भी था।

आरव ने लड़के से पूछा- "उस दिन जो तुमने कुल्फी खिलाई थी उसमें क्या मिला हुआ था?"

लड़के ने सहम कर आरव से पूछा- "मतलब?"

"मेरा दोस्त तुम्हारी कुल्फी खाकर बीमार पड़ गया है। उसको पैरालिसिस अटैक आ गया। इसी हॉस्पिटल में एडमिट है वो अभी। बोलो कुल्फी में क्या मिला था?"

"कैसी बात कर रहे भईया जी। ऐसा बिल्कुल नहीं है। बहुत साफ़ से कुल्फी की तैयारी करते हैं। उसमें कोई सामान ख़राब नहीं डालते।"

आरव को लड़के के जवाब देने के तरीके से आगे सवाल पूछने का कोई मतलब नहीं लगा। पास बैठे माँ और बहन भी आरव के इस

आरोप से डर और सहम गए थे। आरव ये देख कर अपने सवाल से ही असहज हो गया। वो मुड़ कर तेज़ी से अपनी साइकिल की तरफ़ आगे बढ़ गया। बीच में कदम रुके और उसको ध्यान आया कि एक सवाल पूछना तो वो भूल ही गया था। वापस लड़के के पास पहुँचा और कहने लगा- “अच्छा वो उस दिन जो 10 का नोट तुमको दिया था दिखाना ज़रा।”

लड़का असमंजस में पड़ गया।

“भईया हमको माफ़ करिये पर हमने पूरे पैसे माँ का परचा बनवाने में लगा दिए।”

आरव को कहीं न कहीं एहसास था कि वो नोट अब तक इस्तेमाल हो चुका होगा। वापस मुड़ कर धीरे धीरे आगे बढ़ने लगा कि इतने में पीछे से आवाज़ आई- “और भईया आपने तो हमको 100 का नोट दिया था। हमको नहीं मालूम था कि आपने वो नोट 10 रुपये का समझ कर ग़लती से हमको दे दिया।”

आरव ये सुन कर भी रुका नहीं। उसने अपनी जेब से पर्स निकाला और खोल कर देखा। उसमें 100 का नकली नोट अभी भी पड़ा था। साथ में 10 का नोट भी था। वो दूसरा 100 का नोट कहाँ से कैसे उसके पर्स में आया इसका कोई अंदाजा आरव को नहीं था।

8

IIT का ठप्पा

दिन कैसे बीते और कैसे स्कूल का दौर समाप्त होने आया इसकी भनक तक नहीं लगी। पर्स में 100 रुपये के असली नोट का रहस्य, नकली नोट से जुड़े बाकी रहस्यों के साथ अभी भी पर्स में ही छुपा हुआ था। बारहवीं के बोर्ड एग्ज़ाम में आरव का रिजल्ट अच्छा रहा था। उसके कुल 91% आए थे और वो क्लास में छठे स्थान पर आया था। अब बारी थी, इंजीनियरिंग एंट्रेंस एग्ज़ाम के रिजल्ट की।

कुछ ही दिन बाद, ख़बर आ गयी कि इंजीनियरिंग के एंट्रेंस एग्ज़ाम का रिजल्ट आ चुका था। आरव ने जिन स्कूल के दोस्तों के साथ एग्ज़ाम दिया था उनमें से एक दोस्त, वरुण को कॉल करके जब अपना रिजल्ट पूछना चाहा तो पता चला साइट डाउन है। वरुण के मम्मी पापा भी रिजल्ट देखने उसके डेस्कटॉप स्क्रीन पर आँख गड़ाए खड़े थे। वरुण के भईया IIT-BHU से अपनी इंजीनियरिंग की पढ़ाई कर रहे थे। वो अपनी बैच के सेकंड टॉपर थे। इसीलिए वरुण के घर में उससे भी काफ़ी उम्मीदें थी।

उधर आरव के घर में उसकी दीदी, सान्या अपने होनहार होने का सबूत AIIMS से अपनी डॉक्टरी की पढ़ाई पूरी करके दे चुकी थी। आरव पढ़ाई में अपनी दीदी की तरह टॉपर तो नहीं था पर दसवीं में मैथ्स में 96 और बारहवीं में कुल 91% लाने के बाद उम्मीदें तो आरव से भी बँध गयी थीं।

खैर रिजल्ट देखते वक़्त उस दिन एक अनहोनी से वरुण के ऊपर से उम्मीदों का भार उठ गया। साईट डाउन होने के चलते कई बार सिस्टम रिफ्रेश करने पर आखिर में जो पेज खुला वो परिवार के साथ नहीं, अकेले देखने योग्य था। वायरस का दुष्कर्म या डेस्कटॉप की हिस्ट्री या कुकीज इत्यादि का परिणाम ये बता पाना मुश्किल था। आरव और वरुण घटना के कुछ देर बाद साइबर कैफ़े में मिले। दोनों की रैंक इज़्ज़तदार थी। IIT का ठप्पा लगना था या नहीं, ये तो वक़्त बताने वाला था। क्योंकि इन एग्ज़ाम्स की दुनिया में अच्छा भी कई प्रकार का होता है। बहुत अच्छा, अच्छा, कुछ भी मिलने भर का अच्छा और काउंसलिंग के समय आर-पार के हिसाब वाला अच्छा।

पर वरुण ने साथ-साथ क्लैट की परीक्षा भी दी थी और अब उसको क्लैट के रिजल्ट का भी इंतज़ार था। पर आरव ने एक ही एंट्रेंस एग्ज़ाम दिया था और उसके घर ख़ुशी का माहौल था। सबसे ज़्यादा ख़ुश आरव की बहन थी। काउंसलिंग की प्रक्रिया शुरू हुई और अंततः आरव को ISM धनबाद की पेट्रोलियम ब्रांच में एडमिशन मिल गया। इलाहाबाद से धनबाद के ट्रेन का सफ़र क़रीबन 11-12 घंटे का था। कॉलेज लाइफ़ शुरू होना नए जीवन के समान होता है। एक रीबर्थ जैसा- नयी पहचान, नए दोस्त, नयी जगह और एक ऐसा जीवन जहाँ क्लास से लौट कर घर नहीं आना होता।

आरव को बचपन से ही पापा की जॉब में LTC के चलते कई जगह घूमने का मौका मिला था पर ये पहली बार था जब वो अकेले घर से बाहर कहीं रहने के लिए निकलने वाला था। सान्या को माँ पापा समझदार समझते थे। आरव के लिए हमेशा घर में यही बात होती थी कि उसको सही और गलत का अंतर नहीं मालूम। इसलिए आरव के धनबाद जाने से सबसे ज़्यादा घबराहट उसकी माँ, सुधा को थी। सान्या ने कॉल पर उनको कई बार समझाने की कोशिश की, हर बच्चा अपने आप समय आने पर सीख जाता है सब। पर माँ के लिए उनका बच्चा कहाँ ही बड़ा होने वाला था। कॉलेज ज्वाइन करने का समय जैसे-जैसे पास आ रहा था, वैसे-वैसे आरव को एक उत्साह के साथ डर की अनुभूति भी हो रही थी।

नोट को लेकर उसको अंदर ही अंदर आभास था कि नोट में कुछ चमत्कारी ताकत है लेकिन पुख्ता प्रमाण के बिना आरव मन का वहम मान कर उस नोट की अहमियत कम करने की कोशिश भी करता था। माँ और पापा दोनों की तरफ़ से ही समय-समय पर आरव को ढेर सारी हिदायतें मिल रही थीं। कानपुर से आए दिन दादाजी और नाना जी का फ़ोन भी आ जाता था। सान्या, आरव को इस बात पर चिढ़ाया करती थी कि ऐसा लग रहा जैसे वो धनबाद नहीं ऑक्सफ़ोर्ड जा रहा हो। स्कूल के सारे दोस्त किसी न किसी यूनिवर्सिटी में दाखिला ले रहे थे। वरुण ने फाइनली लॉ की पढ़ाई करने का निर्णय लिया था। ऐसे उसका एडमिशन IIT-BHU में हो गया था पर क्लैट एग्ज़ाम में उसकी AIR-65 थी। इसलिए वो भारत के टॉप कॉलेज से लॉ की पढ़ाई करने, हैदराबाद जा रहा था।

आरव धनबाद निकलने से एक दिन पहले अंकुर के घर पहुँचा। अंकुर को ठीक होने में क़रीबन 6 महीने लगे थे। अब उसको चलने

बोलने में कोई परेशानी नहीं थी। बारहवीं के एग्ज़ाम में उसके 64% आए थे। इंजीनियरिंग के एंट्रेंस एग्ज़ाम में भी रिजल्ट अच्छा नहीं था पर इलाहाबाद के एक प्राइवेट कॉलेज में एडमिशन मिल गया था। हमेशा की तरह आज भी आरव और अंकुर छत के ऊपर बने छज्जे पर पानी की टंकी के बगल में बैठे थे। दोनों वहाँ बैठ कर शहर को काफ़ी दूर तक देख पाते थे।

"तो कब निकल रहे हो?"

"परसो निकल रहे।"

"सही है। तुम सब शहर छोड़ रहे।"

"आशीष है न तुम्हारे साथ।"

"वो फ्रस्टेटेड इंसान है भाई। उसको भी लेकर जाओ।"

आशीष ने एक साल ड्राप लेने का फैसला लिया था। उसके घर वालों ने उसको IIT के अलावा और कहीं एडमिशन लेने से मना कर रखा था। घर के इसी प्रेशर के कारण, कड़ी मेहनत के बावजूद उसका बारहवीं का रिजल्ट भी ख़राब हुआ था।

आरव ने ग्यारहवीं का किस्सा याद करते हुए अंकुर को बताया- "पता है आशीष की मदद की थी ग्यारहवीं में उसको फिजिक्स में पास करवाने के लिए?"

अंकुर ने याद करते हुए कहा- "ओह भाई! जब वो बेहोश हुआ था अपनी कॉपी देख कर?"

"हाँ!"

“मुझको लगा ही था कुछ गड़बड़ चल रही थी आगे वाली सीट में तुम तीनों की। बाकी तुम मदद मत ही किया करो।”

“क्यों?”

“या तो जिसकी करते हो उसकी लंका लग जाती आगे जाकर। या जो आपकी मदद के समय आस पास रहता उसकी।”

“कुछ भी बक देना है बस।”

“अरे! देखो पूरे बैच में अकेला आशीष ही ड्राप ले रहा। और दूसरा, उस दिन जब तुमने ठेले वाले की मदद की थी तो मेरी लंका भी लग ही गयी थी।”

इतने में आरव की नज़र आसमान में चहकती चिड़ियों के एक झुण्ड पर पड़ी। संध्या में सूरज के ओझल होते, उनकी घर वापसी हो रही थी। नारंगी आसमान के बैकग्राउंड में उड़ती लाल, नीली, काली, हरी, सारी पतंगें सुन्दर लग रही थीं। कुछ देर आसमान देखने पर आस-पास से एक नहीं काफ़ी झुण्ड घर वापसी करते दिखे। उन पंछियों को देख आरव अपनी नयी यात्रा के बारे में सोच कर गुम था। एक छोटे शहर का लड़का पढ़ाई के बाद बमुश्किल शहर वापसी कर पता है। ऐसे शहरों के अधिकतर युवा अपने जन्मस्थल को कर्मभूमि नहीं बना पाते। पंछियों की तरह दूर तक उड़ते तो हैं पर पंछियों की तरह हर रोज़ घर वापसी नहीं कर पाते।

9

सायो नारा

धनबाद निकलने से पहले आज आरव की आखिरी रात थी इलाहाबाद में। मोहल्ले के कई माँ-बाप अपने बच्चों को आरव से मिलाने ला रहे थे। आरव के माँ-पापा ख़ुश थे और गर्व महसूस कर रहे थे। ऐसा उनके घर में दूसरी बार हो रहा था। सान्या के AIIMS में जाने से पहले भी कुछ ऐसा ही नज़ारा था घर में। छोटे शहर और उनके मोहल्लों की ख़ास बात होती है, कि बच्चों के हीरो और हीरोइन मोहल्ले के ही कोई भईया या दीदी होते हैं। रात हो चुकी थी और आरव का बैग उसकी माँ ने पैक कर दिया था। दो बड़े सूटकेस थे जिनमें कपड़े और बाकी ज़रुरत भर के छोटे-मोटे सामान रख दिए गए थे। बिस्तर पर लेट, आरव पर्स को खोल देखते-देखते सो गया।

कुछ देर बाद आज वो वापस खँडहर वाले सपने में था। आज लाइन में लगने का मौका भी नहीं दिया जा रहा था। बिना मुकुट वाले, भैंस रुपी मानव जो बॉडी गार्ड्स सरीखे थे आज वो नए आने वालों को एक तालाब की तरफ़ ले जाकर छोड़ रहे थे। तालाब के पास काफ़ी भीड़ थी, हर किसी ने एक कोना पकड़ रखा था। आरव को भी कुछ देर बाद

ढूँढते-ढूँढते एक जगह मिल गयी। बैठने के बाद आरव की नज़र तालाब के पानी पर बनते अपने प्रतिबिम्ब पर गयी जिसको देखकर वो डर गया। आरव ने सपने में अपनी शकल पहली बार देखी थी। वो डर के खड़ा हो गया और अब भी अपने प्रतिबिम्ब को अविश्वास से देख रहा था कि तभी पीछे से उसको वही बुज़ुर्ग उल्लू आता दिखाई दिया। उसको हैरान और परेशान देख उल्लू ने आरव से पूछा- "इतने परेशान क्यों हो?"

आरव ने घबराते हुए कहा- "ये मेरी शकल..."

और फिर चुप हो गया। उल्लू आरव की परेशानी समझ चुका था।

"डरने की कोई बात नहीं है। तुम अकेले नहीं हो।"

आरव ने मुड़कर उल्लू की तरफ़ देखा और पूछा-

"आप कौन हैं?"

"मैं तुम्हारा सारथी।"

" सारथी? हर बार सपने में आप क्यों मिलते हैं?"

"तुमको धर्म का रास्ता दिखाने के लिए मिलता हूँ ताकि तुम दूसरों की मदद कर पाओ।"

"धर्म? मदद?"

"जैसे कृष्ण का धर्म पांडवों को उनके धर्म का पालन करने में मदद करना था, वैसे ही दान के धर्म का पालन करने में तुम्हारी मदद करना मेरा धर्म है। और जैसे अर्जुन का धर्म, धर्म की रक्षा करना था, वैसे ही दान देकर दूसरों की मदद करना तुम्हारा धर्म है।"

आरव के लिए ये सब समझना मुश्किल था। पर एक दिन पहले अंकुर के साथ उसकी छत पर की बातें ध्यान आईं तो बोला- "हम जब मदद करते हैं तो कोई न कोई परेशान होता है।"

"आशीष की मदद, मदद नहीं कहलाई जाती। मैंने पहले भी बताया था और अंकुर को तुम्हें, तुम्हारे धर्म से गुमराह करने का नतीजा मिला।"

आरव पहले तो ये सोच कर परेशान हुआ कि उल्लू को उसके जीवन की इतनी बातें पता कैसे हैं। फिर उसका ध्यान उल्लू के बोले गए शब्दों पर गया।

"क्या गुमराह किया उसने?"

"उस ठेले वाले लड़के की मदद करने से रोकना चाहा उसने।"

"पर उसके गुमराह करने से क्या हुआ? हमने तो मदद की ना?"

"पर तब तक तो हमारे दूतों ने निश्चय कर लिया था।"

"किस चीज़ का निश्चय?"

"तुम चुने गए हो। तुमको पथ से बहकाने वाले को रोकना हमारा कर्तव्य है।"

"किस चीज़ के लिए चुने गए हैं? ये आप क्या धर्म, मदद, निश्चय की बातें कर रहे हो, हमको कुछ समझ नहीं आ रहा।"

उल्लू को समझ आ गया था कि आरव बिना पूरी बात जाने नहीं समझ पाएगा।

“तुम्हारी माँ, सुधा ने तुम्हारे जन्म से पहले एक सत्कर्म किया था। उसी के फलस्वरूप तुमको एक वरदान मिला है।”

पीछे से ट्राली बैग घसीटने की आवाज़ सुनाई दी और दो लोगों के बात करने का शोर। आँख खुली तो देखा आरव के माँ पापा थे। आरव की आँख खुली तो पापा ने बोला- “बेटा उठो। लेट हो जाओगे। आधे घंटे में स्टेशन के लिए निकलना है।”

आरव ने समय देखा तो 9 बज रहे थे, ट्रेन 10:25 की थी। माँ का आरव के लिए प्यार, घबराहट बनकर जब-तब निकलकर आ रहा था। आरव के लिए माँ ने उसका पसंदीदा नाश्ता- पोहा बनाया था। दोपहर, रात और अगले दिन सुबह के लिए भी 3-4 तरह के व्यंजन पैक कर दिए थे। अब दुबे परिवार का दूसरा बच्चा भी अपने पंख खोल उड़ने जा रहा था। घर की दीवारों में अभी से हल्की बेचैनी पैदा हो चुकी थी। अंकुर भी घर के नीचे आरव के इंतज़ार में खड़ा था। उसे स्टेशन तक छोड़ने की बात पहले से चुकी थी। अंकुर अपने किसी दोस्त की कार लेकर आया था। नीचे छोड़ने माँ और पापा दोनों आए। माँ के आँसू रोके नहीं रुक रहे थे। आरव के पापा मोबाइल पकड़े हुए थे। सान्या को वीडियो कॉल पर लिया था। कैमरा जब भी अंकुर की तरफ़ मुड़ता उसको हँसता देख सान्या चिल्लाती-

“अबे अंकुर तुम मिलो इस बार। धुन दिए जाओगे तुम।”

अंकुर ने हँसते हुए जवाब दिया।

“यार दीदी होली दिवाली में तो आया ही करेगा। ऐसा कौन-सा विदेश जा रहा है, आंटी का लड़का।”

गाड़ी में बैठ आरव ने सबसे पहले खिड़की से अपनी माँ को देखा, फिर पापा को और फिर घर को। स्टेशन पहुँचने के रास्ते में अंकुर ने रेडियो लगा दिया। उसमें उसी समय मुकेश का "आ लौट के आजा मेरे मीत" गाना चल रहा था। अंकुर ने हँसते हुए कहा- "अबे तुमको तो ये रेडियो भी इलाहाबाद नहीं छोड़ने दे रहा बे।"

आरव ने उसकी बात को नज़रअंदाज़ कर दिया। फिर अंकुर ने आगे कहा- "वैसे भाई गज़ब किस्मत वाला है बे तुम्हारा खानदान। बेटा, बेटी सब पहले अटेम्प्ट में बिना कोटा पोटा के सीधे AIIMS, IIT पहुँच रहे। हमको तो लगता है हमारे जीन्स में ही कमी है कोई।"

घर से स्टेशन ज़्यादा दूर नहीं था। आरव पूरे रास्ते चुप था। अंकुर ने सामान उतारते हुए कहा- "बोलो बे कुछ।"

आरव ने अंकुर की तरफ़ देखा और बोला- "अबे तुम पढ़ाई किया करो। और तुम्हारा जीन्स सच में ख़राब है। नीचे खिसक रहा है, ऊपर करो।"

कुछ देर में ट्रेन आ गयी। गले मिलते हुए अंकुर की आँखें गीली थी। आरव ने उसके पेट में घूसा मारते हुए कहा- "मेहनत कर लो भाई। अगले साल जूनियर बन के आ जाओ। अकेले पता नहीं कैसे गुज़ारा होगा वहाँ।"

10

8 प्रतिशत अल्कोहल

रात क़रीब 11 बजे, ट्रेन धनबाद स्टेशन पर पहुँची। भारत की कोल कैपिटल धनबाद का स्टेशन ज़्यादा बड़ा नहीं था। कॉलेज स्टेशन से 5 किलोमीटर दूर था। स्टेशन से बाहर निकल कर आरव ने ऑटो बुक कर लिया। क़रीब 10 मिनट में ऑटो आई.एस.एम. धनबाद के गेट के बाहर खड़ा था। अंदर लगभग 400 एकड़ में फैला, 1926 में स्थापित हुआ कैंपस जो खनन, खनिज और ऊर्जा संसाधनों के अध्ययन के क्षेत्र में एक प्रमुख संस्थान था। कॉलेज के एडमिशन वाले मेल में हॉस्टल अलॉटेड खंड में जेस्पर हॉस्टल का नाम लिखा था। कॉलेज में कुल 9 हॉस्टल्स थे जिनका नाम मिनरल या मेटल के नाम पर था। कैंपस में घुसते ही कुछ कदम चलने पर एक बड़ा-सा चौराहा था जिस पर फूलों से भरी क्यारी बनी थी और उसमें फूलों से ही वेलकम लिखा था। करीबन डेढ़-दो किलोमीटर बैग खींचने पर जेस्पर हॉस्टल आया। हॉस्टल के बगल में ही एक चाय की टपरी थी। ऊपर बोर्ड पर नाम लिखा था- रामदनी। घर के बाहर चाय पीना आरव के लिए नॉर्मल बात नहीं थी। घर से निकल कर पहली बार कुछ भी ऐसा करने में जो घर में माँ

कर दिया करती थी, एक उदासी की भावना तो ज़रूर आती है। आरव ने टपरी पर जाकर चाय मांगी। दो ईटों की लाइन पर पड़े पत्थर से बनी बेंच पर बैठ आरव ने अभी चाय की पहली चुस्की ली ही थी कि एक भूरा-सा कुत्ता आकर बगल में बैठ गया। आरव ने उसको प्यार करते-करते चाय के कुल्हड़ से आखिरी चुस्की ली। नयी जगह पहुँचकर किसी भी इंसान का हल्का-फुल्का असहज महसूस करना लाज़मी है। टपरी पर आते जाते सब चेहरे अनजान मालूम पड़ रहे थे।

जैस्पर हॉस्टल के बाहर एंट्री करवाकर, गार्ड से पूछ आरव वार्डन के रूम पहुँच गया। वार्डन रूम में कोई नहीं था। जिस गार्ड ने आरव को अंदर भेजा था वो थोड़ी देर बाद टहलते हुए वार्डन के रूम से गुज़रा तो आरव को रूम के बाहर खड़ा देख पूछा- "क्या काम है?"

आरव ने जवाब दिया- "अभी बताया तो था बाहर। रूम अलॉट करवाना है।"

"अच्छा अच्छा! तुम वही हो! ये एडमिशन टाइम में इतना नया लड़का लोग आता है पहचानना मुश्किल होता।"

"वार्डन का इंतज़ार कितनी देर करना पड़ेगा?"

बगल से काली बिल्ली गुज़री और गार्ड ने डंडा ठोंकते हुए जवाब दिया- "वो तो केयरटेकर करेंगे। उनका ऑफ़िस तो आगे वाले विंग में है।"

आरव को अब गार्ड के ऊपर गुस्सा आ गया पर उसने कुछ बोलना उचित नहीं समझा। पूछ पाछ कर केयरटेकर के ऑफ़िस में पहुँचा। वहाँ पहले से 8-9 लड़के रूम अलॉट करवाने खड़े थे। कुछ से बात शुरू हुई और आरव को माहौल थोड़ा कम अजनबी महसूस हुआ। दो अजनबी मिल कर एक अजनबी जगह को कम अजनबी बनाने की काबिलियत रखते हैं।

एक-एक करके रूम अलॉट हो रहे थे। जिससे बात हो रही थी उसका नाम- मयंक था। मयंक बरेली से था, आधे घंटे बाद दोनों को एक ही रूम अलॉट हुआ। दोनों अपना-अपना सामान लेकर हॉस्टल के छटे फ्लोर पर पहुँचे। रूम में जब दोनों घुसे तो उनके घुसते ही मानो रूम पहले से और छोटा हो गया। छोटे से रूम में 2 सिंगल बेड पड़े थे। दोनों ने अपने बैग अपने अपने बेड के नीचे डाले और फिर बिन गद्दे के बेड पर थक कर लेट गए। मयंक ने आरव से पूछा-

"भूख नहीं लग रही तुमको?"

आरव ने ये सुनते ही अपने पिट्ठू बैग से माँ का दिया खाना निकालकर, दोनों बेड्स के बीच बने स्लैब पर रख दिया। समय ज़्यादा हो चुका था। खाना खाते-खाते रूम के बाहर गुज़रते कुछ और साथियों से भी मिलना हो गया। पहली रात दोनों ने गद्दे के बिना गुज़ारी। इंतज़ार कुछ चीज़ें भुला देता है। जैसे आरव और मयंक को अगले दिन होने वाली इंजीनियरिंग की पहली क्लास और ओरिएंटेशन के इंतज़ार ने बेड के ठोस फट्टे महसूस ही नहीं होने दिए।

अगले दिन आरव और मयंक समय से पेनमैन ऑडिटोरियम पहुँच गए। लाल कलर की ईटों से बनी अंग्रेज़ों के समय की बड़ी इमारत पेनमैन ऑडिटोरियम को संस्थान के संस्थापक प्रिंसिपल डॉ. डेविड पेनमैन की याद में बनाया गया था। यह ऑडिटोरियम डॉ.आर. पी. सिन्हा के कार्यकाल के दौरान निर्मित हुआ, जो संस्थान के पहले भारतीय प्रिंसिपल थे।

आज ओरिएंटेशन बैच-1 में क़रीब 200 छात्र सम्मिलित हुए थे। एक तरफ़ कुछ लड़कों की आँखें स्टेज पर बैठे कॉलेज के डायरेक्टर, प्रोफेसर्स पर कम और वहाँ मौजूद लड़कियों पर ज़्यादा थी। एक रात

और कुछ घंटों की दोस्ती में लड़के आपस में एक-दूसरे के लिए भाभी ढूँढ रहे थे। दूसरी तरफ़, ओरिएंटेशन में कुछ छात्र स्टेज से बोली बातें इतने ध्यान से सुन रहे थे कि जैसे पूरे 4 साल ये बातें अमल कर, फिर डिग्री लेकर कॉलेज से निकलेंगे। ओरिएंटेशन के बाद छात्र अपने-अपने डिपार्टमेंट्स की ओर बढ़ चले।

आरव के ओरिएंटेशन के दौरान जिन बैचमेट्स से मिलना हुआ था उनमें से 2 पेट्रोलियम ब्रांच के भी थे। राहुल आसनसोल का था और शौभिक बनारस से। ओरिएंटेशन के बाद ये तीनों कैंपस की अलग-अलग बिल्डिंग्स को निहारते अपनी डिपार्टमेंट बिल्डिंग में पहुँचे। उनके डिपार्टमेंट की ब्रांच स्ट्रेंथ 90 की थी। HOD का नाम डॉ. कमल पाठक था। बड़ी-सी मूछें, लम्बा कद, नेहरू कोटी, और लेदर के नुकीले जूते। उम्र तक़रीबन 52 साल की होगी। ISM धनबाद से इंजीनियरिंग करने के बाद, यूनिवर्सिटी ऑफ़ टेक्सास से MS और P.HD किया और फिर कुछ साल इंडस्ट्री का एक्सपीरियंस लेने के बाद, पढ़ाने के प्यार को गले लगा लिया। पहली क्लास में उनकी कहानी, उनका सब्जेक्ट के लिए पैशन और पढ़ाने का जूनून, उनके बताने की कला सब कुछ सारे स्टूडेंट्स को भा गया।

क्लासेज शुरू हुई और धनबाद में एक-एक करके दिन बीतने शुरू हुए। आरव की देर तक सोने की आदत की वजह से उसका नाश्ता अक्सर छूट जाता था। ऐसे दिनों में मयंक एक अच्छे रूम मेट के नाते मेस से उसका नाश्ता लाने की कोशिश करता पर कई बार मेसवाला, वार्डन की नसीहत के कारण रूम में ब्रेकफास्ट ले जाने से मना कर देता।

भूखे पेट आरव की जान निकल जाती पर आदत सुधरने के आसार दूर-दूर तक नहीं दिखाई देते। एक रात मयंक ने आरव से पूछा- "ड्रिंक किया है कभी?"

आरव ने मानो ये शब्द सुनते ही तौबा-तौबा करने वाला चेहरा बना लिया।

"अरे हाँ कि नहीं?"

आरव ने जवाब दिया- "नहीं ये सब कभी नहीं किया।"

"चलो तो आज ट्राई करवाते हैं तुमको।"

आरव ने मना किया तो मयंक ने उसको साथ चलकर थोड़ा शहर घूमने की बात पर मना लिया।

कॉलेज के दो गेट थे। एक सामने वाला मुख्य प्रवेश द्वार और दूसरा दहिया गेट। मयंक और आरव दूसरे गेट से कॉलेज के बाहर निकले और फिर थोड़ी दूर गेट के पास वाले तालाब के किनारे टहल कर मयंक ने सामने से गुज़रते एक ऑटो को हाथ देकर रोक लिया। ऑटो में सवारी नहीं बैठी थी। ऑटो के रुकते ही मयंक ने पूछा- "सबसे पास ठेका कितनी दूर है?"

ऑटो वाले ने बैठने का इशारा किया। वो गुटका खा रहा था और मयंक का जवाब देने के लिए गुटका थूकना उसने आवश्यक नहीं समझा। आरव जितनी देर में चलने को मना करता, वो दोनों ऑटो में बैठ चुके थे। ऑटो वाले ने 500 मीटर दूर एक ठेके पर ऑटो रोक दिया। मयंक ने पैसे देकर उसको रवाना कर दिया। आरव ऑटो से उतर कर ठेके से थोड़ा दूर जाकर खड़ा हो गया। मयंक ये देखकर हँसा और फिर ठेके की तरफ़ जाकर दो बियर ले आया। आरव को बुलाया पर आरव ने ठेके से अपनी दूरी बनाए रखी। मयंक ने अभी एक बोतल खोल कर पीना शुरू ही किया था कि तेज़ बिजली कड़कने के साथ झमाझम बारिश शुरू हो गयी।

आरव को न चाहते हुए भी बारिश से बचने के लिए ठेके के क़रीब आना पड़ा।

"भाई पकड़ तो लो। दोनों हाथ भरे हैं मेरे। बच्चों की तरह बिहेव मत कर!"

आरव ने कुछ देर तो अनसुना कर दिया। पर फिर मयंक को चिड़चिड़ाते देख दूसरी बियर की बोतल पकड़ ली।

"इतना अच्छा मौसम हो रहा। दो घूँट मार ले मज़ा आएगा। और पढ़ लो भाई ये शराब नहीं है। अल्कोहल सिर्फ 8% होता इसमें।"

आरव के मन में एक बार ट्राई करने की इच्छा तब से थी जब से अंकुर को पानी की टंकी की बगल में बैठ मज़े से पीते देखा था। पर घर में माँ पापा से शराबियों के प्रति इतनी नफ़रत सुन ली थी कि ट्राई करने के ख़याल से भी उन दोनों का शराबियों को गाली देने वाला चेहरा सामने आ जाता था। मयंक ने घूँट लेते हुए और चिप्स खाते हुए आरव को दो-तीन बार और बियर ऑफर करी पर आरव भी अडिग था।

फिर वहाँ खड़े एक बुज़ुर्ग अंकल ने कुछ देर ये नज़ारा देखते हुए आरव से कहा- "बेटा जीवन में हर चीज़ ट्राई करनी चाहिए।"

उनकी एक बोतल ख़त्म हो चुकी थी और उन्होंने दूसरी खोल ली थी।

पहले तो पियर प्रेशर ही था और अब अंकल ने भी प्रेशर बना दिया। आरव ने अब ज़्यादा न सोचते हुए मयंक के हाथ से बोतल ली और बची हुई बियर एक घूँट में सूत गया। बोतल फेंकते हुए गन्दा सा मुँह बनाया और फिर मयंक के हाथ से चिप्स का पैकेट लेकर खाने लगा। अंकल ने आगे बढ़ कर उसे शाबाशी दी। फिर दूसरी बियर खुली और उसे

ख़त्म करने में भी आरव ने अच्छा ख़ासा योगदान दिया। बारिश ख़त्म होते-होते तीनों सेट थे। अंकल, मयंक और आरव ने अपने जीवन की तक़रीबन पूरी हिस्ट्री एक दूसरे से शेयर कर दी थी इतनी देर में। तभी आरव के पास शौभिक की कॉल आई और आरव ने घबराते हुए मयंक से लड़खड़ाती आवाज़ में कहा-

"अबे जल्दी चलो। सीनियर्स आए हैं हॉस्टल।"

"तो आने दो। हमारे घर थोड़ी आए हैं।"

ये बोल कर वो हँसने लगा और उसके साथ आरव और अंकल भी। पर फिर राहुल का भी कॉल आया और मामला गंभीर होता दिखा तो किसी तरह अंकल ने उन दोनों को ऑटो में बिठा कर दहिया गेट तक छोड़ दिया। अंदर हॉस्टल पहुँचने तक आरव की हालत ख़राब हो चुकी थी। रामदनी के बाहर 5 लड़कों के सामने लम्बी लाइन लगी थी और एक एक करके आरव के पेट्रोलियम वाले बैचमेट्स उन पाँचो के पास पहुँच कुछ बता रहे थे।

आरव भी लाइन में लग गया। हिलते डुलते आगे तक पहुँचने ही वाला था कि मयंक ने दौड़ कर उसके कान में कुछ बोला और फिर निकल गया। अब आरव का नंबर था। वो आगे गया और उन पांचो को देख अपना मुँह दूसरी तरफ़ करते हुए बोला- "गुड मॉर्निंग सर!"

इतना बोल कर चुप हो गया। उनमें से एक ज़ोर से बोला- "गुड इवनिंग! और नाम पता बताओ, कहाँ से आए हो?"

दूसरे ने हँसते हुए पूछा- "ये मुँह उधर करके क्यों खड़े हो लुगाई की तरह?"

फिर उनमें से एक ने आरव की हरकतें समझते हुए आरव के पास सूँघते हुए बोला- "अबे शराब पी है लौंडे ने!"

आरव कुछ जवाब दे पाता तब तक, एक सीनियर प्रोफेसर गुमटी के पास आते दिखाई दिए और वो पाँचों तितर-बितर हो गए।

11

बॉन्डिंग

रामदनी में सीनियर्स से भेंट हुए अभी 2 हफ़्ते ही बीते थे कि फर्स्ट ईयर के लड़कों को सीनियर्स का सफायर हॉस्टल में बुलावा आ गया। अधूरी मुलाक़ात पूरी जो करनी थी। रैगिंग के किस्से इंजीनियरिंग में आने के पहले सभी ने सुने थे। इसलिए सबकी ही हालत ख़राब थी।

आरव को रैगिंग से ज़्यादा कॉलेज में छवि ख़राब होने का डर था। उस दिन सीनियर्स को उसके नशे में होने का शक हो गया था। उसके लिए ये मुलाक़ात रैगिंग से ज़्यादा छवि सुधारने का ज़रिया थी। बुलउआ का दिन आया। जूनियर्स के हॉस्टल में घुसते हुए, वहाँ मौजूद लड़कों की आँखें उन पर इस कदर घूम रही थीं मानो एक साथ झुण्ड में शिकार ख़ुद चल कर शिकारी के पास आ गया हो। लड़कों को 8 अलग-अलग कमरों में बुलाया गया था ताकि किसी एक रूम में भीड़ न दिखाई दे। वार्डन के डर से ज़्यादा सीनियर्स को एंटी-रैगिंग स्क्वॉड का डर था। आरव को रूम नंबर 342 में जाना था। हॉस्टल में घुसने से पहले उसने अपने बैच के जिन लड़कों से भी उनका रिपोर्टिंग रूम नंबर पूछा था उनमें से किसी का भी 342 रूम नंबर नहीं था।

बताए गए रूम पहुँचने पर आरव ने पीछे मुड़ कर देखा तो उसको कोई और नहीं दिखा। सीढ़ी के पास जाकर देखा, तो भी ऊपर कोई आते नहीं दिखा। 342 के अंदर से एक लड़का निकला और आरव को बुलाते हुए चिल्लाया-

"अबे गधे अंदर आओ।"

आरव अभी भी सीढ़ी के पास बाकियों का इंतज़ार कर रहा था। जब तक पलट कर देखता, तब तक सीनियर्स अंदर जा चुके थे। कुछ सेकंड बाद ही रूम के अंदर से वापस आवाज़ आने पर आरव तुरंत रूम के अंदर पहुँच गया।

रूम के अंदर वही पुराने 5 चेहरे दिखाई पड़े। आरव को समझ आ गया था कि उसको जान बूझ कर अलग रूम में बुलाया गया है। सवालों का सिलसिला शुरू हुआ। फिर एक पर्ची में लिखा हुआ इंट्रोडक्शन आगे बढ़ाया गया।

आरव ने इंट्रोडक्शन उठाया और मन में पढ़ा। सामने देखा और सुना- "इसको बिना देखे बिना ग़लती के एक बार में बोलो।"

आरव ने प्रयासों की रैली शुरू की। उस इंट्रोडक्शन में हर जगह "मैं" के साथ "गधा" लिखा था। आरव ने बोलना शुरू किया-

"मैं गधा इलाहाबाद से हूँ। मैं पेट्रोलियम इंजीनियरिंग ब्रांच में हूँ।"

"ग़लत! पहला ही स्टेटमेंट ग़लत बोला लड़के ने। इससे नहीं हो पाएगा भाई।"

हँसते हुए वहाँ बैठे एक सीनियर ने कहा-

"शराबी है न इसलिए याद नहीं हो पा रहा।"

आरव ने झींकते हुए उन्हें जवाब दिया- "सर हम शराबी नहीं हैं।"

एक सीनियर ने आरव को डाँटते हुए कहा- "आँख नीचे और तुमसे जब कुछ पूछा जाएगा तब मुँह खोलना।"

"नाच-गाना या नाटक कुछ कर पाते हो?"

आरव ने कोई जवाब नहीं दिया। उसका मुँह लाल पड़ रहा था।

"अबे सुनो ये तुम्हारा घर नहीं है। गुस्सा बाहर हो लेना जाकर।"

एक सीनियर ने माहौल को शांत करते हुए आरव से पूछा- "शराब पहली बार पी थी क्या उस दिन?"

आरव ने तुरंत जवाब दिया- "हाँ सर।"

इतना बोल कर ठंडा पड़ गया।

फिर सीनियर ने कहा- "चलो कुछ गा कर सुनाओ"

आरव को अपने पाले में गेंद मिल गयी। बिना घबराए अब उसने 2-3 ऐसे गाने सुनाए कि सीनियर्स का मुँह खुला का खुला रह गया। आरव ने जैसे ही गाना ख़तम किया एक सीनियर ने कहा- "वाह छोटे, मौज दिला दिए! असली कादंबरी निकले तुम।"

आरव थोड़ा सीना चौड़ा करते हुए हल्का-सा मुस्कुरा दिया। उसके बाद पाँचो सीनियर्स ने अपना नाम बताया। ये जान कर आरव हैरान हुआ कि उन पाँच में से 2 सेकंड ईयर सीनियर्स के साथ एक थर्ड और एक फाइनल ईयर सीनियर भी थे। वो पाँचों उत्तर प्रदेश से थे और अपने प्रदेश के भौकाली जूनियर्स को साथ जोड़ना मकसद था। कॉलेज ज्वाइन करने के 10 दिन के अंदर शराब पीने वाले कॉलेज की भाषा में न्यूटन कहलाते थे। तो उस हिसाब से आरव एक न्यूटन बन चुका था

और रामदनी की टपरी के उस दिन के किस्से के बाद जाँच पड़ताल करने पर उन पाँचों को आरव के इलाहाबाद से होने की ख़बर पहले से मिल चुकी थी। यही कारण था कि उस रूम में आरव अकेले बुलाया गया था।

कॉलेज रैगिंग में जो आरव के साथ हुआ ये किस्सा पॉजिटिव रैगिंग की श्रेणी में आता था। वैसे ही जैसे हैकिंग की एक प्रजाति एथिकल हैकिंग भी होती है। कॉलेज में एडमिशन लेने के बाद सीनियर्स के साथ ऐसे मौके हमेशा एक अच्छा बॉण्ड बनाने में कारगर होते हैं। सफायर से लौटने के बाद जहाँ बाकी बैचमेट्स खौफ़नाक किस्सों की चर्चा कर रहे थे वहीं आरव सीनियर्स के सामने, अपने बैच का चहेता जूनियर बनने और न्यूटन की उपाधि पाने में सफल हुआ था।

कुछ दिन बाद ही फ्रेशर पार्टी थी। सारे लड़के अपने बैग में पड़े माँ बाप के दिलाए सबसे अच्छे कपड़े पहनकर ज़रा ज़्यादा चमक रहे थे। पर एक दु:खी चेहरा अभी भी कच्छे में ही हॉस्टल के कॉरिडोर में भटक रहा था। आरव ने उसको देखकर सवाल किया- "भाई गौतम क्या हुआ? चलना नहीं है क्या?"

"मन नहीं जाने का। तुम लोग होकर आओ। वैसे भी हमको अभी कल का असाइनमेंट करना है।"

"अबे असाइनमेंट तो होता रहेगा। रात में लौट कर करते हैं वो। अभी चलो तैयार हो जाओ।"

आगे जवाब दिए बिना ही गौतम अपने रूम में घुस गया। कुछ देर में उसका रूममेट शिव सजा धजा वाशरूम में आरव से टकरा गया। आरव के सवाल करने पर पता चला कि गौतम के पास अच्छे कपड़े नहीं थे और वो इसलिए ना आने के लिए बहाना कर रहा था। आरव ने

मयंक, शिव, राहुल और शौभिक के साथ मिल कर गौतम को चमकाने में समय नहीं लगाया।

फ्रेशर्स पार्टी में गिटार के साथ गाना गा कर फ्रेशर्स पार्टी का हीरो आरव ही बना। पार्टी में सीनियर्स ने पेपर डांस भी रखा था। सीनियर्स ने आरव को पेपर डांस में बैच की सबसे सुन्दर लड़की- नताशा के साथ डांस करने का मौका दिया। शर्माने के चक्कर में न जाने कितनी बार आरव का पैर पेपर से बाहर निकला पर उसको फाइनल 3 में पहुँचाने में सीनियर बैच की लड़कियों तक ने मदद की।

डांस खत्म होने के बाद आरव ने नताशा के कमर से हाथ हटाते हुए कहा- "सॉरी!"

नताशा ने हँसते हुए जवाब दिया- "तुमको थैंक यू! सीनियर्स तुमको इतना पसंद करते हैं इसलिए थर्ड आ पाए हम लोग।"

आरव का सॉरी इस बात के लिए था ही नहीं। उसने तो डांस के समय नताशा की कमर पकड़ने के लिए सॉरी बोला था। बॉयज़ स्कूल में पढ़ने वाले लड़के सोच से ग़रीब ही होते हैं। इसके बाद सीनियर्स से इंटरेक्शन का सेशन था। आरव इतने दिनों में काफ़ी सीनियर्स से पहले भी मिल चुका था। अपनी बातों और गानों से सीनियर बैच के लड़कों का ही नहीं बल्कि उन सब की सेटिंग का भी प्यारा जूनियर बन चुका था। थोड़ी देर बार पार्टी फॉर्मल से इनफॉर्मल हो कर सीनियर हॉस्टल में शिफ्ट हो गयी। रात में देर तक धमाल मचाने के बाद आरव एक सीनियर के रूम में ही सोया।

12

जेनेसिस

पहले सेमेस्टर की परीक्षा क़रीब थी और कइयों की रातों की नींद उड़ा चुकी थी। आरव पढ़ाई में अच्छा था। मेहनत वो पहले भी करता था पर अब वाली मेहनत का कुछ ईंधन देर रात तक सामने वाले कमरों में जल रही बत्तियाँ भी थीं। हॉस्टल में रहने वाला छात्र आइसोलेशन में नहीं रहता है। अकेले पढ़ाई करने वाला एक स्टूडेंट जब घर से हॉस्टल पहुँचता है तो स्पर्धा पिछली रात से नहीं बल्कि दूसरे रूम्स में लगे बल्ब की रोशनी में पढ़ रहे अपने बैचमेट से होती है।

रात के एक बज रहे थे। आँखें खोले रखने के लिए जूझते हुए काफ़ी समय बीत चुका था। सुबह जल्दी उठने का सोच कर आरव बिस्तर पर लेट गया। नींद लगने में ज़्यादा समय नहीं लगा।

“मेरी माँ ने क्या दान किया था?”

आरव को क़रीबन छह महीने बाद सपना आया था और आज भी सामने बुज़ुर्ग उल्लू था। ये सवाल सुन उल्लू ने अपनी लंबी सफेद दाढ़ी सहलाते हुए जवाब दिया- “तुमको तुम्हारे माँ पापा ने कभी बताया

नहीं? तुम्हारी माँ ने तुम्हारे कोख में होते हुए अपनी और तुम्हारी जान जोखिम में डालकर दो जानें बचाई थीं।"

आरव उल्लू की तरफ़ टकटकी लगाए देखता रहा। वो और जानना चाहता था इसलिए उसने उल्लू से पूछा- "कैसे?"

"तुम पेट में थे और तुम्हारी माँ अपनी चिकित्सीय परीक्षा करवाने अस्पताल गयी थीं। वहाँ एक वार्ड में आग लग गई। सब डरे हुए वहाँ से भाग रहे थे। पर तुम्हारी माँ ने अपने जैसी एक गर्भवती महिला की जान बचाई।"

आरव अचरज में था। इतने दिनों से शांती से घर का काम कर रही कोमलदिल महिला, उसकी माँ- एक जाँबाज़ थी।

फिर आरव ने पूछा- "तो वो नोट जो मेरे पास है, उससे इन सबका क्या लेना देना?"

उल्लू ने कहा- "वरदान वही तो है।"

"पर वरदान तो रामायण और महाभारत के समय होते थे न? और मिलना ही था तो मेरी माँ को मिलना चाहिए था। फिर हमको क्यों मिला वो।"

"वरदान पहले भी होते थे और अभी भी होते हैं। जिस समय तुम्हारी माँ ने उस गर्भवती महिला की मदद की, उस जगह वहाँ यमदूत मौजूद थे। वो वहाँ अस्पताल में एक मरीज की आत्मा को ले जाने पहुँचे थे। तुम्हारी माँ को अकेले उस अवस्था में निस्वार्थ भाव से एक दूसरी गर्भवती महिला की मदद करते देख उनके साहस से वो यमदूत बहुत ख़ुश हुए। उन्होंने यम से तुम्हारी माँ सुधा की बहुत तारीफ़ की। फलस्वरूप तुम्हारी माँ को एक वरदान दिया गया। पर ईश्वर से की प्रार्थना के चलते उन पर आया सब अच्छा तुम्हारा हो गया।"

आरव इस आस में अभी भी उल्लू की तरफ़ देख रहा था कि आगे वो कुछ और बताएगा। पर बात खत्म हो चुकी थी और पीछे से लाइन में लगे इन्सान और जानवर उन दोनों को आगे बढ़ने के लिए ज़ोर-ज़ोर से चिल्ला रहे थे।

आरव और उल्लू ने आगे बढ़ कर खाली जगह भर दी। पर आरव के कुछ प्रश्नों को अभी भी उल्लू के जवाब नहीं भर पाए थे। एक सवाल जो लगभग आरव को रोज़ परेशान करता था वो अभी भी पूछना बचा था। आरव ने उल्लू से पूछा-

“वो 100 का नोट? वो कैसे मिला उस ठेले वाले लड़के को? मैंने तो 10 का नोट दिया था।”

उल्लू ने जवाब में बस एक शब्द कहा- “वरदान!”

“पर वरदान तो वो नकली नोट है न जो चमकता है?”

“वरदान है तुमको दूसरो की मदद करने में समर्थ बनाना।”

अगला सवाल करने से पहले किसी ने आरव का हाथ पकड़ के खींचा और मुँह पर पानी फेंक झंझोड़ दिया।

“साले इतनी देर तक तो पढ़े भी नहीं थे कि कुम्भकरण की तरह सो रहे अभी तक।”

मयंक को देख आरव पलकों से टपकते पानी को पोंछते हुए बेड से उठा और बोला-

“तुम कहाँ थे रात में?”

“मैं तो राहुल के रूम में बैठ कर पढ़ रहा था। आया तो देखा, तुम सो रहे थे।”

आरव ने उठ कर टाइम देखा तो सुबह के 10:30 बज रहे थे। खिड़की से रोशनी सीधे उसके चेहरे पर गिर रही थी। पर आरव की नींद के आगे सूरज भी हार जाता था।

माँ से भी फ़ोन पर हर रोज़ डाँट पड़ती थी इस बात पर। जब से आरव कॉलेज आया था हर दिन घर में कम से कम दो बार बात होती थी। सान्या से भी दिन में एक बार बात तो होती ही थी। कॉलेज की अच्छी बातें माँ पापा को पता चलती थीं और चटपटी अपडेट्स बड़ी बहन को मिलती थीं। नताशा के हर सोशल हैंडल को सान्या ने जाँच परख कर आरव को ग्रीन फ्लैग दे दिया था।

फ्रेशर्स पार्टी के बाद से आरव और नताशा अब लेक्चर्स में अगल-बगल बैठने लगे थे। लेक्चर से पहले और बाद में उनकी अच्छी खासी बातें हो जाती थीं। नताशा को आरव के नोट्स बनाने का तरीका बहुत पसंद था। आरव A4 शीट्स में नोट्स बना कर उन्हें एक फोल्डर में पंच करता था। कोई भी लेक्चर छूटने पर सिर्फ नताशा ही नहीं बल्कि बैच के बाकी लड़के-लड़कियाँ भी आरव से नोट्स माँगते थे।

लेक्चर्स के बाद दोनों एक दूसरे से टेक्स्ट पर बात किया करते। नताशा उसको अपने हॉस्टल के किस्से भी बताया करती थी। आरव के घुँघराले बाल, उसका ढीले कपड़े पहनने का स्टाइल और उसकी गोल्डन ब्राउन दाढ़ी गर्ल्स हॉस्टल में चर्चा का विषय थे। कई लड़कियों को नताशा से ईर्ष्या भी होती थी क्योंकि बैच में वो अकेली लड़की थी जिससे आरव बात करता था। स्कूल से आए हुए बच्चों का फर्स्ट ईयर में अक्सर एक ऐसा रिश्ता ज़रूर बनता है जो या तो उनके मन में रहता है या दूसरों की ज़ुबान पर। ज़ुबान पर आ जाने वाले रिश्तों के जनक लड़के और लड़की पर “बुक्ड” का टैग लगा दिया जाता है।

लेक्चर्स के बाद आरव का लड़कों की टोली के साथ कॉलेज कैंटीन में बैठना नियम सा बन गया था। परीक्षा शुरू होने के शंखनाद के बाद भी ये महफ़िल ज्यों की त्यों ही चल रही थी। पहले सेमेस्टर का सामना करने की चर्चा इस बैठक का अभिन्न अंग बना हुआ था। लेक्चर्स के बाद कुछ देर कैंटीन में बैठने के बाद आरव लाइब्रेरी में जाकर पढ़ाई करता था। फिर डिनर के समय पर वो सीधे हॉस्टल मेस में पहुँचता था।

13

500 का नोट

पहले सेमेस्टर की परीक्षाएँ शुरू हो चुकी थीं। एक रात पहले तैयारी करने वाले किसी भी स्टूडेंट के लिए ये परीक्षा सदैव काल बन कर आती है। आरव की कुछ सब्जेक्ट में तैयारी पहले से थी और एक दो सब्जेक्ट्स में हालत कमज़ोर थी। जिन सब्जेक्ट्स की तैयारी पहले से थी, उनकी परीक्षा न ज़्यादा ख़राब जा रही था न बहुत ज़्यादा अच्छी। एग्ज़ाम हॉल से निकलने के बाद उसको पेपर के बारे में डिसकस करना बिल्कुल अच्छा नहीं लगता था। हॉल के बाहर बने डिसकशंस वाले गुच्छों से अपने आप को निकाल पाने में वो स्कूल से ही अभ्यस्त था।

हॉल से निकल कर आरव और नताशा कॉलेज के गेट के बाहर जाकर, नारियल पानी पीते और फिर अपने हॉस्टल जाते। पहले सेमेस्टर का अब आखिरी एग्ज़ाम बचा था। आरव अभी रूम पहुँचकर माँ से बात कर ही रहा था कि इतने में कॉरिडोर में रोशन की आवाज़ सुनाई पड़ी। वो सारे रूम में जाकर किसका ब्लड ग्रुप O+ है जानने की कोशिश कर रहा था। आरव के फ़ोन रखते ही रोशन उसके रूम में पहुँचा और ये जानकर की आरव का ब्लड ग्रुप O+, और उससे पूछने लगा- “भाई,

मेरे एक मामा का घर यही धनबाद में है। उनके बेटे की कॉल आई थी कि उनके किसी दोस्त का एक्सीडेंट हो गया है और O+ ब्लड चाहिए। तुम दे पाओगे क्या?"

आरव ने बिना ज़्यादा सोचे हामी भर दी और रोशन ने अपने ममेरे भाई को कॉल लगा कर आरव को कॉलेज से ले जाने के लिए बोल दिया। रोशन के जाने के बाद मयंक ने आरव को घूरते हुए पूछा- "भाई अभी तो तुमने बताया था कि कल के एग्ज़ाम की तैयारी नहीं है तुम्हारी। अब तुम ब्लड देने जा रहे हो?"

"ब्लड ही तो देना है। कितना टाइम लगेगा।"

"घर में तो पूछ लो कि तुमको ब्लड देना भी चाहिए या नहीं। कभी दिया है क्या पहले?"

"घर में क्या पूछना। और पहले तो नहीं दिया है। पर सुई से डर नहीं लगता।"

मयंक ने आरव को कई बार समझाने का प्रयास किया कि ब्लड देने में दर्द होता है पर उसने मयंक के एक भी डरावने किस्से पर गौर नहीं किया। थोड़ी ही देर में उसको लेने कॉलेज गेट के बाहर रोशन का भाई- अंजन आ गया। ब्लड बैंक जाते समय रास्ते में बातों-बातों में पता चला कि अंजन रोशन से 4 साल बड़ा था और अपनी पढ़ाई ख़त्म करने के बाद वो रियल स्टेट में काम कर रहा था। ब्लड बैंक पहुँचने पर, वहाँ मौजूद पैथोलोजिस्ट ने आरव से 3-4 सवाल किये, एक फॉर्म भरवाया, और फिर ब्लड सैंपल लेकर इंतज़ार करने को बोला। थोड़ी देर बाद आरव का नाम बुलाया गया और आरव की ब्लड देने की प्रक्रिया शुरू हुई। 450 ML ब्लड को निकलने में 10 मिनट भी नहीं लगे।

ब्लड बैंक से बाहर निकल नारियल पानी पीते वक़्त आरव के पास एक बुज़ुर्ग इंसान भी खड़े थे। माथे पर गमछा था और कपड़े मैले थे। आँखों के अंदर नसें लाल हो हल्की उभर कर बाहर आ रही थीं। वो आरव को बहुत देर से देख रहे थे। इतनी देर में अंजन की कॉल आ गयी और वो बात करने थोड़ा दूर चला गया। वो बुज़ुर्ग आरव के क़रीब आए और उसके सामने हाथ जोड़ कर बोले- "भगवान आपको बहुत लम्बी उम्र दे साहब।"

आरव को समझ नहीं आया कि वो उसको ऐसे आशीर्वाद क्यों दे रहे? आरव ने उस बुज़ुर्ग को हाथ जोड़ते हुए जवाब दिया- "काका धन्यवाद, पर आप हैं कौन? हमने आपको पहचाना नहीं।"

थोड़ा आगे बढ़ कर काका ने जवाब दिया- "जिसके लिए आपने खून दिया वो हमारा लड़का है साहब।"

आरव को बात समझ नहीं आई। रोशन ने कहा था कि उसके मामा के लड़के के दोस्त का एक्सीडेंट हुआ है। काका ग़रीब दिख रहे थे और अंजन के पास बड़ी गाड़ी थी और काफ़ी समृद्ध नज़र आ रहा था। इसलिए आरव काका के बेटे और अंजन के बीच दोस्ती के रिश्ते को समझ नहीं पाया।

आरव ने काका को जवाब दिया- "काका अंजन भईया आपके बेटे के दोस्त हैं। इतनी मदद तो कर ही सकते थे।"

काका ये सुन कर थोड़ा चकरा गए और बोले- "नहीं साहब! अंजन साहब तो मालिक हैं। हम और मेरा लड़का इनकी कंस्ट्रक्शन साइट में लेबर हैं। साहब का दिल उदार है कि हमारी मदद कर रहे। आज साइट में काम के दौरान हमारे लड़के का पैर ट्रेक्टर के नीचे आ गया ये देख वो ख़ुद ही मदद करने के लिए आ गए।"

रोशन की बात याद कर आरव थोड़ा हैरान हुआ पर फिर अंजन की तरफ़ देख कर ख़ुश भी। काका की हालत देखकर उसको उनकी मदद करने का मन हुआ। इच्छा हुई कि काका को 500 रूपए हाथ में पकड़ा दे। अभी परसो ही 500 रूपए के दो नोट घर से मिले ATM कार्ड से अपनी किताब खरीदने के लिए निकाले थे। किताब खरीदने के बाद 100 के दो नोट पर्स में अभी भी बचे थे। पर्स पर हाथ गया और जैसे ही निकाल के आँखों के सामने लाया तो उसके अंदर से वही हरी रोशनी चमक रही थी। इलाहाबाद में ठेले वाले के साथ हुआ किस्सा आरव की आँखों के सामने आ गया। वहाँ पर भी आरव ने ठेले वाले की मदद करने के लिए ही पर्स खोला था जब आखिरी बार नोट चमकता हुआ दिखा था। आरव ने मदद वाली कड़ी को जोड़ते हुए कुछ अंदाज़ा लगाना चाहा।

पर्स खोला और उसमें 100 के 3 नोट पड़े थे जिनमें से एक नकली नोट था जो अभी चमक रहा था। आरव ने काँपते हाथों से 100 का एक असली नोट हाथ में लिया और पर्स बंद कर जेब में रखते हुए नोट काका की तरफ़ बढ़ा दिया। उन्होंने अपने हाथ पीछे घसीट लिए।

"नहीं साहब ये हम नहीं ले सकते।"

"काका काम आएगा। आप रख लो।"

आरव ने उनका हाथ पकड़ के उसमें 100 का नोट पकड़ा दिया। आँखों की उभरी लाल नसों में फैलता हुआ गीलापन भी उनको ठंडा नहीं कर पाया।

इतने में बात ख़त्म करके अंजन वापस आरव के पास पहुँच गया। आरव को कॉलेज छोड़ने के दौरान गाड़ी में पीछे काका भी बैठे थे। आरव के मन में हज़ारों बातें चल रही थी। चमत्कार मदद करने के

समय होता है इसकी भनक उसको लग चुकी थी। गाड़ी से उतर उसको अपना पर्स देखना था। उसके अनुमान की पुष्टि अब पर्स में बचे नोट देख कर होने वाली थी। रास्ते में अंजन ने एक बार भी काका के बारे में कोई ज़िक्र नहीं किया। शायद रोशन ने उससे ये बात बताने को मना किया था। आरव को चुप बैठा देख अंजन ने उससे तबियत के लिए पूछा पर आरव अभी खोया हुआ था। कॉलेज के गेट पर जैसे ही गाड़ी रुकी आरव ने दरवाज़ा खोला और तेज़ी से कॉलेज के अंदर कदम बढ़ा दिए। खिड़की से चिल्लाते हुए अंजन ने उसे दोबारा धन्यवाद बोलना चाहा पर आरव अपनी ही धुन में था।

कॉलेज के गेट से अंदर घुसते ही आरव ने अंदर से पर्स निकाला। अंदर अभी भी 100 के 3 नोट थे।

उसने पलट कर कार की तरफ़ देखा तो काका और अंजन अभी भी उसको देख रहे थे। उसको पलटा देख अंजन ने चिल्लाते हुए पूछा- "ठीक हो न आरव?"

आरव की नज़र पीछे बैठे काका पर थी। उन्होंने दोनों हाथों में 500 का नोट पकड़ रखा था।

14

बोध

सपने और वास्तविकता में अंतर होता है। इसका अंदाज़ा आरव की स्थिति से लगाया जा सकता था। सपने में आरव के पास अब चमत्कारी नोट को लेकर काफ़ी सवालों के जवाब थे। पर वास्तविकता वाली दुनिया में उसको हर सवाल का जवाब हर कड़ी को जोड़ कर समझना था। सवालों की गुत्थी में हल्की-हल्की रोशनी पड़ने लगी थी। आरव को दो घटनाओं से इतना समझ आ चुका था कि किसी की मदद करने के लिए पर्स के अंदर अपने आप नोट आ जाता है।

थोड़ा और सोचने पर आरव को ये भी अंदाज़ा हो रहा था कि पर्स में नोट उतने का ही आता है जितने की ज़रूरत होती है या फिर वो जितनी राशि की मदद करना चाहता है। पहले सेमेस्टर की आखिरी परीक्षा बस पास होने लायक ही हुई। पर हॉस्टल में आरव के मदद करने के जज़्बे को सबने सराहा। मयंक को बाद में जब आरव ने पूरी कहानी बताई तो उसने सच बात न बताने पर रोशन के प्रति अपनी नाराज़गी जताई। पर आरव को इस बात का कोई मलाल नहीं था। क्योंकि उसने खून देने के बाद काका से मिलने पर उनकी आँखों में एक सुकून देखा था।

समय के साथ नताशा और आरव की दोस्ती और गहरी होती जा रही थी। एक हफ़्ते बाद आईआईटी (आईएसएम) धनबाद का आधिकारिक पूर्व छात्र रियूनियन “बसंत” होने वाला था। फर्स्ट ईयर के छात्रों को रियूनियन के दौरान स्टॉल लगाने थे। नताशा और आरव को भी स्टॉल लगाने के लिए HOD ने नॉमिनेट किया था। एग्ज़ाम ख़त्म होने के बाद अब बसंत की तैयारियाँ ज़ोर शोर से चल रही थी। ओर्गनइजिंग समिति के सदस्य क्लास के बाद अब लाइब्रेरी नहीं ओल्ड लेक्चर हॉल काम्प्लेक्स के एम्पिथियेटर में इकट्ठा होते थे।

रियूनियन संस्थान के कैलेंडर का एक ऐसा समय होता था जब 50 साल पहले पास आउट हुए बैच तक के एलुमिनी कैंपस में वापस आते थे और अपने कॉलेज की पुरानी यादों को ताज़ा करते थे। इस समय को यादगार बनाने के लिए संस्थान का सांस्कृतिक क्लब विभिन्न सांस्कृतिक कार्यक्रमों का आयोजन करता था। कई इंडोर और आउटडोर खेल गतिविधियाँ भी आयोजित की जाती थीं। कैंपस में विभिन्न चैरिटी इवेंट्स होते थे, साथ ही ऐसे प्रोजेक्ट्स की प्रस्तुति की जाती थी जिन्हें पूर्व छात्र समर्थन दे सकते थे। इसी समय वार्षिक इंडियन स्कूल ऑफ माइन्स एलुमिनी एसोसिएशन (ISMAA) मीट भी आयोजित होती थी, जिसमें आगामी वर्ष के लिए चेयरहोल्डर्स, बजट, पुरस्कार प्राप्तकर्ता और उद्देश्य तय किए जाते थे।

आखिरकार तैयारियों के समाप्त होते-होते रियूनियन का दिन आ गया। आरव स्टॉल समिति के साथ-साथ कॉलेज के म्यूजिक क्लब में भी जगह बनाने की कोशिश कर रहा था। पर क्योंकि सीनियर्स के बीच फर्स्ट ईयर छात्रों को मौका मिलना मुश्किल होता है तो इस बार कल्चरल इवेंट में आरव को पेनमन ऑडिटोरियम के स्टेज पर चढ़ने का स्वाद नहीं मिल पाया।

रियूनियन के दिन कॉलेज का माहौल अलग था। ऐसा मानो घर में दादा जी के आने से किताबों से थोड़ी देर की मोहलत मिल गयी हो। शाम को स्टॉल्स सज चुके थे। आरव ने पैंट शर्ट और एक टाई लगाई थी और नताशा ने परंपरा के हिसाब से साड़ी पहनी थी। अतिथियों का आना शुरू हुआ और आरव अपनी टीम के साथ गेम के स्टॉल पर तैनात होकर, अपना काम खूबी से निभा रहा था।

2 घंटे बीतने के बाद आरव अपने बैचमेट्स के साथ बाकी स्टॉल घूमने के लिए निकल गया। स्टाल्स लोअर ग्राउंड में लगे थे जो कॉलेज की हेरिटेज बिल्डिंग के क़रीब था। आरव अपने बैचमेट्स के साथ हेरिटेज बिल्डिंग के पास फोटो लेने पहुँचा और अभी 2-3 फोटो ही खींची गयी थी कि उसकी नज़र नताशा पर पड़ी। नताशा को एक लड़का गुलाब पकड़ा रहा था और नताशा हँसते हुए गुलाब हाथों में ले मुस्कुरा रही थी। ये देख आरव का मूड बदल-सा गया।

कई बार बिना नेम प्लेट वाले रिश्ते भी अपने मान लिए जाते हैं। और फिर ऐसे रिश्तों की अपेक्षाओं का दुःख बहुत ज़्यादा होता है। मयंक ने आरव के भाव समझ लिए थे। चेहरे पर क्रोध था जैसे नताशा ने कोई ग़लती कर दी हो। वो हेरिटेज बिल्डिंग से तेज़ी से जेस्पर हॉस्टल की तरफ़ बढ़ गया। मयंक ने उसके पीछे दौड़ कर उसे रोकने का नाकाम प्रयास किया। आरव क्रोध के वश में था। हाथ झटक कर आगे निकल गया। वहाँ मौजूद उसके बाकी किसी भी बैचमेट को ये समझ नहीं आया कि आरव को एकदम से क्या हो गया।

रियूनियन के बाद आरव ने नताशा से बिन कुछ बताए, दूरियाँ बढ़ा ली थी। नताशा को आरव के बिफरने वाली बात का कोई अंदाज़ा तक नहीं था। पर आरव को भेजे टेक्स्ट मेसेजेस का रूखा जवाब मिलने से उसको ये अंदाज़ा हो गया था कि आरव उससे बात नहीं करना चाह

रहा। उधर आरव के मन में नताशा से बात न कर पाने से सैलाब सा उमड़ता था। इस सैलाब को थामने और मेल ईगो का झंडा ऊँचा रखने के लिए वो नोट के साथ समय बिताता। रूम में पहुँचकर नोट के चमत्कार के बारे में सोचता और इस कश्मकश में रहता कि मदद वाली बात की पुष्टि कैसे करे। दो बार एक जैसा चमत्कार होने पर भी वो उसे चमत्कार नहीं, घटना ही मान रहा था।

एक दिन, आरव शाम को लेक्चर के बाद रामदनी की गुमटी के बाहर चाय पी रहा था। उसकी नज़र 4-5 पिल्लों पर गयी जिनकी माँ, शायद उनके लिए खाना ढूँढने निकली थी। बिस्किट खरीद पिल्लों के पास डालने के लिए वो जैसे ही आगे बढ़ा तो उनकी माँ दौड़ते हुए आ गयी। आरव ने बिस्किट तोड़ कर उसके सामने डाल दिए। फिर पास बैठ उनकी माँ को पड़े टुकड़े खाने का इंतज़ार करते देखता रहा। माँ डर से थोड़ा आगे बढ़ती और फिर आते जाते क़दमों के डर से पीछे हो जाती।

थोड़ी देर ऐसा चलने के बाद जब उसको समझ आया कि आरव उसको कोई हानि नहीं पहुँचाएगा तो आगे बढ़ कर उसने बिस्किट खाने शुरू किये और कुछ ही देर में सारे टुकड़े खा गयी। आरव को एक संतुष्टि-सी मिली और उठकर उसने पर्स खोला तो नोट चमक रहा था। आरव ने ये देख पर्स को जल्दी से बंद कर दिया। और भीड़ से थोड़ी दूर हट गया। नोट सिर्फ़ इंसान की मदद के लिए ही नहीं बल्कि जानवर की मदद के लिए भी सक्रिय होता है। ये जानकार आरव मन ही मन ख़ुश था। क्योंकि वो कई बार बेज़ुबान जानवरों की मदद चाह कर भी नहीं कर पाता था। पिल्लों की माँ की आँखें, अभी आरव को ही देख रही थीं। जानवर की आँखों में भी देखकर उनकी आशा का अनुमान लगाया जा सकता है।

आरव ने रामदनी गुमटी से एक छोटी ब्रेड खरीदी और दूर हल्के एकांत में जाकर, ब्रेड के टुकड़े बिखेर दिए। वापस गुमटी में आकर पर्स खोला और अपनी चाय, बिस्किट, ब्रेड का हिसाब कर 30 रुपये पकड़ाते हुए अपने हॉस्टल के अंदर चला गया। रास्ते में पर्स खोल कर देखा तो रोशनी जा चुकी थी। पर इस बार मदद की राशि 30 रुपये पर्स में वापस नहीं आए थे। आरव ये देख कर हैरान हो गया। उसको लग रहा था कि नोट का चमत्कार उसको समझ आ चुका है। दो बार के अनुभव से आरव ये निष्कर्ष निकाल चुका था कि बस मदद करे हुए ही पैसे वापस आ जाते हैं।

तीसरी मदद ने आरव को दो बातें सोचने पर मजबूर किया। पहली, कि नोट सिर्फ इंसान की ही नहीं बल्कि जानवर की मदद पर भी सक्रिय होता है। और दूसरी, कि मदद की राशि हमेशा वापस आना निश्चित नहीं है।

15

गुरूर की झलक

मौका मिलने पर मयंक ने नताशा को आरव के गुस्सा होने की वजह बता दी। वजह जानने पर नताशा काफ़ी परेशान हुई। आरव के बचकाने व्यवहार के बारे में सोच कर दोस्ती को आगे बढ़ाने में बड़ी दुविधा थी। नताशा को आरव से बात करने की कोशिश करना ख़ुद की ग़लती महसूस होने लगी। लेक्चर में एक दूसरे को देखकर नज़रें चुराना आम हो गया था। ये देख बैच के सारे लड़के लड़कियों को अपना-अपना मौका दिखने लगा था। कभी कोई लड़की आरव के बगल में बैठकर बात करने की कोशिश करती तो कभी कोई लड़का नताशा से बात करने का प्रयास करता।

कुछ दिन में मयंक की गालियाँ सुनने और बात की तह तक जाने में ये पता चला कि आरव ने ग़लतफ़हमी की वजह से अपनी और नताशा की शाम ख़राब कर ली। जो लड़का नताशा को गुलाब दे रहा था वो नताशा के शहर और उसके स्कूल का ही लड़का था। और वो सिर्फ मज़ाक़ में नताशा को छेड़ रहा था। आरव को ये बात पता चलने के बाद नताशा से दूरियाँ ख़त्म करने में ज़्यादा वक़्त नहीं लगा। अहंकार त्यागने

से बिगड़ते रिश्ते हमेशा संभल जाते हैं। पर अपने और आरव के रिश्ते को वापस पुराने ढाँचे में बैठाने में नताशा को काफ़ी समय लगा।

नोट के बारे में जानने की चाह के चलते नोट की चमत्कारी दुनिया के दायरे में अब हर वो शख्स आ रहा था जिसको आर्थिक मदद की ज़रूरत थी। आरव अपने नोट को कभी किसी दोस्त की कम पड़ती फीस भरने में उपयोग करता तो कभी सड़क पर किसी असहाय का मसीहा बनने में। मदद का जितना भार पर्स उठा सकता था चमत्कारी नोट उतना दायरा बढ़ाने की कोशिश करता। अब आरव नोट का राज़ जानने से ज़्यादा उसकी शक्तियों का उपयोग करने में रम रहा था। अंदर ही अंदर मदद का स्त्रोत होने का हल्का अहंकार भी उसमें दिखने लगा था।

कॉलेज में आरव की लोकप्रियता बढ़ने के कारण कई लोगो को जहाँ उससे ईर्ष्या होने लगी थी तथा वहीं दूसरी तरफ़ बैच के कई लड़के आरव का फ़ायदा उठाने की कोशिश भी करते थे। एक बार आरव के बैचमेट ध्रुव ने घर में आर्थिक समस्या की मजबूरी बता कर उससे मदद मांगी। आरव ने हमेशा की तरह उसकी मदद की। फिर एक रात जब नताशा, मयंक, राहुल और शौभिक के साथ आरव एक होटल में डिनर करने गया तो देखा, कि ध्रुव वहाँ अपने दोस्तों के साथ ड्रिंक कर रहा था। आरव को ये नज़ारा देखकर गुस्सा तो आया पर वो शांत रहा। पर मयंक अपने दिल की बात दबा नहीं पता था। उसको ये बात मालूम थी कि आरव ने ध्रुव की आर्थिक मदद की है। मयंक ने ध्रुव की तरफ़ देखते हुए आरव से पूछा- "ध्रुव की मदद की थी न तूने? शराब पीने के लिए मदद की थी?"

आरव ने चिढ़ते हुए जवाब दिया- "भाई वो अपने पैसे से ड्रिंक कर रहा होगा। तुम जब देखो शक करते हो।"

नताशा को इस बात का पता नहीं था। पर वो जानती थी कि आरव बहुत जल्दी पिघल जाता है। उसको मयंक का आरव को टोकना जायज़ लगा। डिनर करने के बाद बिल आने पर सबने पैसे जोड़े और पेमेंट कर अभी बातें ही कर रहे थे कि ध्रुव और उसके दोस्त भी अपनी टेबल से उठ गए। काउंटर पर लड़खड़ाते हुए पहुँच ध्रुव ने पर्स निकालकर क़रीब 5000 का पेमेंट किया।

ध्रुव को इस तरह पैसे उड़ाते देख आरव को माँ की बात याद आ गयी- एक बुद्धिमान व्यक्ति सभी प्राणियों को समान रूप से देखता है, चाहे उनके कार्य या शत्रुता कुछ भी हो। पर ध्रुव को अपने दिए पैसे उड़ाते देख अभी उसका खून खौल रहा था। मन किया कि ध्रुव से जाकर पूछ ले कि क्या ये आर्थिक मजबूरी थी? नताशा को आरव के अंदर का गुस्सा चेहरे पर साफ़ समझ आ रहा था। राहुल और शौभिक ने माहौल की गंभीरता देखते हुए आरव का ध्यान कॉलेज की किसी बात पर भटकाना चाहा पर कॉलेज पहुँचते-पहुँचते मयंक ख़ुद को आरव से अपने मन की बात बोलने से रोक नही पाया-

"देख भाई, मदद करना नोबल काम है, लेकिन कुछ लोग इसे अलग नज़र से देखते हैं।"

जो अभी तक ध्रुव की बात से उलझा हुआ था ये बात सुन कर फट पड़ा-

"हो सकता है मयंक, पर किसी को न कहने की हिम्मत हम में नहीं है। जिसको जो सोचना है सोचे। और फिर हर किसी को तो मदद करने का मौका नहीं मिलता न।"

इस बात में सब ने आरव के अंदर से एक अलग गुरूर को झांकते देखा। नताशा जो अभी तक चुप थी उसको भी आरव की ये बात थोड़ी अजीब लगी। उसने आरव को समझाते हुए कहा-

"पर हर इंसान तो मदद के लायक नहीं होता न?"

आरव ने एक क्षण के लिए चुप्पी साधी फिर धीरे से बोला- "हमको लगता है कि इस दुनिया में अगर आप किसी की मदद कर सकते हैं तो करना चाहिए। ये सोचकर नहीं कि वो इसके लायक है या नहीं।"

नताशा ने हल्की मुस्कान के साथ सिर हिलाया और बात को आगे बढ़ाना सही नहीं समझा। लेकिन उसकी आँखों में कहीं न कहीं ये सवाल था कि क्या आरव का ये निःस्वार्थ भाव उसे मुसीबत में भी डाल सकता है।

अगले दिन, जब आरव अपनी माँ से फोन पर बात कर रहा था, तो माँ ने बातों बातों में उसे बताया कि सत्यम को भी दिल्ली AIIMS में नौकरी मिल गयी है।

आरव ने चौंकते हुए कहा, "अरे, अच्छा! ये तो अच्छी ख़बर है। सत्यम दिल्ली आ गया ये तो दीदी ने बताया ही नहीं हमको।"

माँ ने मुस्कराते हुए जवाब दिया- "तुम्हारी दीदी तुमसे सब कुछ कहेगी इसकी उम्मीद न करो। पर बेटा, दोस्ती तक तो ठीक है, बस मुझको डर है कि कोई अफवाह न उड़े। सत्यम अच्छा लड़का है, डॉक्टर भी है। पर तुम जानते हो, हम लोग इलाहाबाद में हैं, और यहाँ बातें ज़ल्दी फैलती हैं।"

आरव ने मज़ाक में कहा, "माँ, आप भी न। कितना कुछ सोच लेती हो आप। पूरा इलाहाबाद आप की बिटिया पर ही आँख टिकाए तो बैठा है न।"

माँ ने जवाब दिया, "अरे, चिंता तो होनी ही है बेटा। वैसे अगले महीने "माघ मेला" आ रहा है। स्नान करने चलना है सबके साथ। तुम्हारी दीदी को भी बोल देना कि वो छुट्टी लेकर आए। वैसे हमने तो

बोल ही दिया है। काफ़ी रिश्तेदार भी आ रहे कानपुर से। सबसे मिलना हो जाएगा।"

आरव ने अंकुर और आशीष से मिलने का सोच ख़ुश होते हुए कहा, "बिल्कुल माँ, हम कोशिश करेंगे कि दीदी को भी मना लें आने के लिए। वैसे भी माघ मेले के दौरान अलग ही माहौल होता है शहर का। दीदी को बोल देंगे कि वो सत्यम को भी साथ लेकर आए।"

माँ ने हल्की हँसी के साथ कहा, "हाँ अच्छा होगा।"

आरव की माँ के साथ इस बातचीत ने उसे कुछ देर के लिए ध्रुव की घटना से दूर कर दिया।

16

वैलेंटाइन्स डे

पहले सेमेस्टर के मार्क्स आ चुके थे। आरव की पेट्रोलियम ब्रांच में चौथी रैंक आई थी। आरव जहाँ अपनी रैंक से ख़ुश था वहीं नताशा अपने मार्क्स से दु:खी थी। आरव ने अब नताशा को सपोर्ट करने के लिए लाइब्रेरी में पढ़ाई का एक समय नताशा के लिए भी निर्धारित कर लिया था।

कुछ ही दिन बाद कॉलेज के टेक्निकल फेस्ट कंसेटो ने कॉलेज का माहौल बदल दिया। कॉलेज में जगह-जगह टिमटिमाती लाइट्स, अलग-अलग कॉलेज से आए छात्रों की भीड़, बैनर्स, और अनेकों प्रतियोगिताओं ने कैंपस में जोश भर दिया था। आरव को कंप्यूटर साइंस की कुछ ख़ास समझ नहीं थी, लेकिन क्रिप्टोकरेंसी और साइबर सुरक्षा प्रतियोगिता को देखने और विषय को समझने की उत्सुकता थी।

नताशा, मयंक, राहुल और शौभिक के साथ वो पेनमन ऑडिटोरियम पहुँचा, जहाँ क्रिप्टोकरेंसी हैकाथॉन प्रतियोगिता चल रही थी। एक के बाद एक कई टीमें अपना प्रोजेक्ट प्रस्तुत कर रही थीं, लेकिन आरव का ध्यान एक ख़ास प्रतियोगी पर गया जो अभी स्टेज पर ही खड़ा था।

विक्रम, कंप्यूटर साइंस ब्रांच में उसके बैच का ही था। उसके चेहरे पर आत्मविश्वास भरी मुस्कान थी। आरव ने सुना था कि विक्रम अपने कोडिंग स्किल्स के लिए काफ़ी मशहूर था, लेकिन आज उसे अपनी आँखों के सामने उसका प्रदर्शन देखने का मौका मिल रहा था।

विक्रम ने एक प्रोटोटाइप सिस्टम बनाया था जिसे "ब्लॉक शील्ड" नाम दिया था। इस सिस्टम का उद्देश्य था क्रिप्टोकरेंसी के लेनदेन को ज़्यादा सुरक्षित और तेज़ बनाना। विक्रम ने बताया कि ब्लॉक शील्ड एक ऐसा फ्रेमवर्क है, जो हर लेनदेन को हैकर्स से बचाने के लिए तीन लेयर एन्क्रिप्शन प्रोसेस का इस्तेमाल करता है।

स्टेज पर आगे बढ़ अपनी शर्ट पर लगे कॉलर माइक से विक्रम बोला-

"आज के समय में क्रिप्टोकरेंसी बहुत सेफ मानी जाती है, लेकिन इसके ट्रांजैक्शन को हैकर्स से बचाने के लिए और भी ज़्यादा स्मार्ट सॉल्यूशन की ज़रुरत है। मेरा सिस्टम एक एक्स्ट्रा सेफ्टी लेयर जोड़ता है, जिसमें आर्टिफिशियल इंटेलिजेंस और ब्लॉकचेन का साथ में उपयोग होता है। जैसे ही कोई सस्पीशियस एक्टिविटी होती है, ब्लॉक शील्ड उसे पहचानकर तुरंत अलर्ट कर देता है और ट्रांजैक्शन को रोक देता है।"

प्रेजेंटेशन के दौरान, विक्रम ने लाइव डेमो भी दिया। उसने कुछ सेकंड्स में अपने सिक्योरिटी सिस्टम से एक नकली हमले को सफलतापूर्वक रोक कर दिखाया। ऑडिटोरियम में मौजूद हर व्यक्ति, यहाँ तक कि जज भी उसकी तकनीकी सूझ-बूझ से प्रभावित थे। तालियों की गड़गड़ाहट से हॉल गूँज उठा। विक्रम का आत्मविश्वास और तकनीकी ज्ञान देखकर आरव काफ़ी इम्प्रेस्सड था। आत्मविश्वास चुम्बक की तरह होता है। उसके लगने से बातों और इंसान दोनों का वजन बढ़ जाता है।

सारी प्रेजेंटेशन ख़त्म होने के बाद आरव अपने दोस्तों के साथ ऑडिटोरियम के बाहर खड़ा था। विक्रम को बाहर निकलते देख आरव विक्रम के पास गया और उससे हाथ मिलाते हुए बोला- "यार, विक्रम! कमाल का डेमो था। क्रिप्टोकरेंसी पर तुम्हारा प्रोजेक्ट और कॉन्फिडेंस बहुत मस्त था।"

विक्रम ने मुस्कराते हुए जवाब दिया-

"थैंक यू भाई। तुम किस ब्रांच से हो?"

आरव ने हँसते हुए जवाब दिया- "हम तो पेट्रोलियम से हैं, लेकिन नई-नई चीज़ें सीखना हमेशा से पसंद है। वैसे, ये ब्लॉकशील्ड का आईडिया तुम्हारे दिमाग़ में आया कैसे?"

विक्रम ने थोड़ी गंभीरता से बताया-

"सच बताऊँ तो जबसे मैंने सुना था कि क्रिप्टोकरेंसी का इस्तेमाल कई बार ग़लत ऑब्जेक्टिव्स के लिए हो रहा है, तो सोचा कि क्यों न ऐसा कुछ बनाया जाए जो इस तरह की पॉसिबिलिटीज को रोक सके। ये आइडिया पिछले सेमेस्टर में आया था और मैंने कई रातें इस पर काम करते हुए बिताई हैं।"

आरव उसकी मेहनत और जुनून से काफ़ी प्रभावित हुआ। आरव ने विक्रम के सामने दोस्ती का हाथ बढ़ाते हुए कहा-

"तुमसे मिल कर अच्छा लगा विक्रम। वैसे क्या कभी हमको ये सब सिखाने के लिए समय निकालोगे?"

विक्रम ने मुस्कुराते हुए हाथ मिलाया और कहा- "बिल्कुल, दोस्त। मेरे पास जितनी भी नॉलेज है वो मैं तुम्हारे साथ शेयर करने में खुशी

महसूस करूँगा। तुम भी तेल निकालने के बारे में कुछ समझा देना।" फिर दोनों हँसते हुए आगे बढ़ गए।

नताशा को लाइब्रेरी में पढ़ाने का नियम बन चुका था। पहली मुलाक़ात से लेकर अभी तक आरव के दिल के भाव नताशा के लिए दोस्ती से कहीं आगे निकल चुके थे। पर सिर्फ़ समय ही आरव की भावनाओं के बदलने के लिए ज़िम्मेदार नहीं था। नताशा अपने बैच की सबसे खूबसूरत लड़कियों में से एक थी।

फ़रवरी का महीना था और वैलेंटाइन्स वीक चल रहा था। आरव ने अपने सीनियर से स्कूटी उधार ली और नताशा को कॉलेज से क़रीब 20 किलोमीटर दूर भटिंडा फाल्स जाने का प्लान बताया। नताशा पहले तो ऐसा रैंडम प्लान सुन कर हैरान हुई पर आरव के साथ कॉलेज के बाहर अकेले समय बिताने का सोच उसने प्लान पर हामी भर दी। इश्क़ के तार सिर्फ़ एकतरफ़ा नहीं छिड़े थे।

वैलेंटाइन्स डे, जो इत्तेफ़ाक़ से संडे था, दोनों स्कूटी पर निकल पड़े, शहर से दूर, जहाँ कॉलेज के लोग नहीं थे। चलते-चलते आरव ने धीमे से पूछा- "तुम्हें डर तो नहीं लग रहा?"

नताशा ने हँसते हुए जवाब दिया- "बिल्कुल नहीं! इस तरह की ट्रिप मुझे पसंद हैं। बस तुम संभाल के चलाना।"

रास्ते में दोनों ने ढेर सारी बातें की, हँसी-मज़ाक़ किया और आस-पास की हरियाली का आनंद लिया। नताशा को अपने क़रीब पाकर आरव के दिल में एक हलचल थी। उसके साथ पहली बार कोई लड़की स्कूटी पर बैठी थी। कुछ ही देर बाद वो एक सुंदर पहाड़ी जगह पर पहुँच गए जहाँ से शहर का नज़ारा बहुत खूबसूरत दिख रहा था।

दोनों ने वहीं बैठकर कभी न ख़त्म होने वाली बातें करनी शुरू कीं। बातों के बीच आरव ने थोड़ा साहस जुटाकर नताशा की आँखों में देखते हुए कहा, “नताशा, जब भी तुम साथ होती हो न, I feel happy”

नताशा ने मुस्कुरा कर सामने वॉटरफॉल को देखते हुए जवाब दिया- “अच्छा! इंग्लिश भी बोल लेते हो।”

और फिर धीमी आवाज़ में अपने दिल की बात भी पूरी कर दी- “मुझे भी ऐसा ही फील होता है। शायद इसलिए ही हम दोनों बहुत अच्छे दोस्त हैं।”

दोस्त सुनकर आरव कुछ कहना चाहता था, लेकिन चुप रहा। अचानक हल्की बारिश शुरू हो गई। दोनों भागते हुए जाकर एक पेड़ के नीचे खड़े हो गए। एक दूसरे को देखकर हँसने लगे। इसी बीच आरव ने हल्के से नताशा का हाथ पकड़ लिया। उसकी आँखों में झाँकते हुए उसने धीमे से पूछा- “सिर्फ़ दोस्त?”

नताशा थोड़ी शरमाई, लेकिन उसने अपना हाथ नहीं छुड़ाया। उस पल में दोनों के बीच एक ख़ामोशी थी, लेकिन वो ख़ामोशी बहुत कुछ कह रही थी। नताशा ने उसे, बहुत अच्छे दोस्त बोला था। एक अच्छे दिन के बाद शाम तक दोनों कॉलेज वापस लौट आए। हर प्यार करने वाले वैलेंटाइन्स डे गुलाब से नहीं मनाते इसका प्रमाण आरव और नताशा थे।

17

सिक्योरिटी ब्रीच

कैंपस में बड़ी हलचल मची हुई थी। कॉलेज के सिस्टम में एक बड़ा सिक्योरिटी ब्रीच हुआ था और प्रशासन इस घटना को काफ़ी गंभीरता से ले रहा था क्योंकि ये ब्रीच कॉलेज की ज़रूरी जानकारी से छेड़छाड़ कर सकता था। हर ओर इस बात की चर्चा थी कि ये काम किसने और क्यों किया होगा।

कॉलेज प्रशासन इस मुद्दे के लिए विक्रम की मदद लेना चाहता था पर उससे संपर्क नहीं हो पा रहा था। आरव ने इस बीच कई बार विक्रम से बात करने की कोशिश की पर उसका फ़ोन स्विच्ड ऑफ आया। विक्रम से उसकी दोस्ती धीरे-धीरे गहरी हो चुकी थी और उसके गायब होने से आरव बैचैन था।

एक शाम, आरव अपने कमरे में पढ़ाई कर रहा था कि तभी विक्रम उसके दरवाजे पर आ खड़ा हुआ। उसका चेहरा थका हुआ और तनावग्रस्त लग रहा था। उसकी आँखों में एक अजीब-सा डर था।

"भाई विक्रम कहाँ थे तुम? सब ठीक है?" आरव ने चिंतित होते हुए पूछा।

विक्रम ने धीमे से सिर हिलाया और कमरे के अंदर आ गया। मयंक कमरे में नहीं था। विक्रम ने इधर-उधर ऐसे देखा जैसे उसे किसी का डर हो और फिर फुसफुसाते हुए कहा-

"आरव मुझे तुम्हारी मदद चाहिए।"

आरव ने उसकी आवाज़ में गंभीरता को महसूस किया और सीधा बैठ गया। "हुआ क्या है तुमको? इतने परेशान क्यों हो?"

विक्रम ने गहरी साँस ली और सारा सच उगल दिया। उसने बताया कि उसने कॉलेज के सिस्टम में एक कोड डाला था ताकि एक प्रोजेक्ट के लिए वो कुछ डेटा एक्सेस कर सके। लेकिन उसके कोड ने अनजाने में एक ऐसा ब्रीच क्रिएट कर दिया जिससे कॉलेज की सिक्योरिटी को ख़तरा हुआ।

"वो कोड सिर्फ़ एक शॉर्टकट था ताकि मुझे डेटा जल्दी मिल जाए।" विक्रम ने अपने माथे पर ज़ोर से हाथ मारते हुए कहा।

आगे बोला- "मुझे सच में नहीं पता था कि ये इतना बड़ा स्कैंडल बन जाएगा।"

आरव की आँखें चौड़ी हो गईं।

"अबे वो तुम थे? और मैनेजमेंट तुमको मदद के लिए ढूँढ रही है।"

थोड़ा सोचते हुए आरव ने कहा- "कोई बात नहीं। तुम सच बता दो मैनेजमेंट को।"

विक्रम ने झिझकते हुए जवाब दिया- "आरव तुमको समझ आ रहा है कुछ? मेरा करियर ख़त्म हो जाएगा। मुझे कहीं भी नौकरी नहीं मिलेगी।"

विक्रम ने रुआँसी शकल बना हाथ जोड़ते हुए आगे कहा-

"आरव मुझे कुछ पैसे चाहिए ताकि मैं इस मामले को संभाल सकूं। तुम तो बैचमेट्स की मदद करते रहते हो न।"

आरव ने उसे ध्यान से देखा। विक्रम की मंशा पर उसे संदेह हुआ। ध्रुव के किस्से के बाद आरव वैसे भी नोट का इस्तेमाल करने में झिझकने लगा था। आरव उलझन में था। एक ओर दोस्त था जो अक्सर उसे काफ़ी कुछ सीखने समझने में मदद करता था। और दूसरी ओर ये गंभीर मामला था। आरव को नोट का इस्तेमाल किसी अनुचित कार्य के लिए करना जायज़ नहीं लग रहा था।

विक्रम ने अपनी बात जारी रखते हुए कहा- "मुझे सिर्फ़ 2 लाख की ज़रूरत है। इतना देने से एक बंदा मेरी हेल्प कर सकता है। मैं रस्टीकेट होने से बच जाऊँगा।"

2 लाख सुन कर आरव के होश उड़ गए।

"विक्रम पर तुम्हें अपने किए की सज़ा से बचने के लिए मेरी हेल्प चाहिए। वो भी एक ऐसे मैटर में, जो कॉलेज की सिक्योरिटी और दूसरों के फ्यूचर को ख़तरे में डाल सकता है।"

विक्रम के चेहरे के भाव झट से बदल गए। अपने चेहरे पर एक कुटिल मुस्कान के साथ उसने कहा-

"तुम तो 'मसीहा' हो ना? कितने सारे बैचमेट्स यही कहते हैं कि तुमने पैसे देकर उनकी हेल्प की है। उनकी कर सकते हो तो मेरी क्यों नहीं?"

आरव ने गहरी साँस ली। यह स्थिति उसे नैतिकता और दोस्ती के बीच फैसला लेने पर मजबूर कर रही थी। ये सब होता देख आरव मन ही मन स्तब्ध था। जादुई नोट ने उसको जटिल परिस्थिति में डाल दिया था। विक्रम की बातें सुनकर आरव ने महसूस किया कि ज़रूरतमंद होने की जाँच किये बिना, उसने मदद के लिए पास आए तक़रीबन हर बैचमेट के लिए अपने नोट का इस्तेमाल किया था। पर इस केस में तो जाँच की ज़रूरत भी नहीं थी।

सब सोचकर आरव ने झिझकते हुए कहा, "देखो विक्रम, हमने जिनकी मदद की, वो मेरे हिसाब से ज़रूरतमंद थे। लेकिन यहाँ, ये बात दूसरी है।"

विक्रम खीझते हुए चिल्लाया-

"वाह! तो मैं ज़रूरतमंद नहीं लग रहा तुमको?"

फिर निराश होकर पूछा-

"तो तुम मेरी हेल्प नहीं करोगे?"

आरव ने शांत स्वर में कहा- "तुमने ग़लती की है विक्रम और उसे एक्सेप्ट करना ही सही रास्ता है। हम तुम्हारे साथ खड़े हैं लेकिन इस तरह से नहीं। तुम ख़ुद को संभालो और इस मामले को ऑनेस्टी से सुलझाओ।"

विक्रम का चेहरा निराश हो गया और वो बिना कुछ कहे कमरे से निकल गया।

उस रात आरव बेचैनी से अपने बिस्तर पर लेटा। आँखों में नींद का नामोनिशान नहीं था। विक्रम का चेहरा बार-बार उसकी आँखों के सामने आ रहा था। बार-बार अपने किये पर प्रश्नचिह्न लग रहा था कि

सही फैसला लिया या नहीं? आरव के पास ये शक्ति थी कि वो किसी की भी मदद कर सकता था लेकिन विक्रम के मामले में ये शक्ति उसके नैतिक मूल्यों के ख़िलाफ़ जाती हुई लग रही थी। ऊपर से 2 लाख की मदद तो आरव किसी प्रकार से सोच भी नहीं पा रहा था। एक छात्र को तो इतनी बड़ी राशि बोलने सुनने में भी नहीं पचती है।

सुबह होते ही आरव ने मन बनाया कि वो इस पूरे मामले को गहराई से समझने के लिए कॉलेज के दूसरे दोस्तों से बात करेगा। वो अभय के पास पहुँचा, जो विक्रम का क्लासमेट होने के साथ साथ कॉलेज के आईटी क्लब का हिस्सा भी था।

अभय से बात करने के बाद आरव को पता चला कि सिक्योरिटी ब्रीच की जाँच तेज़ी से हो रही थी और कॉलेज प्रशासन इस मामले में कड़ी कार्यवाही करने के मूड में था। अभय ने ये भी बताया कि प्रशासन को विक्रम की गतिविधियों पर संदेह है और आगे कुछ दिनों में उसकी प्रोफाइल की पूरी जाँच होगी।

“तुम्हें पता है ये बड़ा मैटर हो गया है। अगर कॉलेज का ही कोई हुआ तो पक्का रस्टीकेट होगा।”

आरव को ये सब सुनकर विक्रम के लिए बुरा लग रहा था। इंसान का मन न करने के बाद या कोई मार पीट करने के बाद काश पर ज़रूर लंगड़ मारता है। उसने विक्रम को समझाने के लिए एक आखिरी पहल छेड़, उसे शाम को कॉलेज कैंटीन में मिलने के लिए बुलाया। अँधेरा हो चुका था। कैंटीन में भीड़-भाड़ थी। आरव समय से पहले ही वहाँ पहुँच गया था। थोड़ी देर बाद विक्रम भी पहुँच गया। आरव को ढूँढते हुए इधर-उधर देखा फिर नज़र पड़ने पर आरव के बगल में आकर बैठ गया। विक्रम आरव के बैग की तरफ़ बड़ी आस में देख रहा था।

आरव ने विक्रम से कहा- "विक्रम अगर तुम इस वक्त अपनी ग़लती एक्सेप्ट कर लोगे, तो मैनेजमेंट थोड़ा नरमी बरत सकता है। हो सकता है कि तुम्हें बस एक वार्निंग मिले और मैटर क्लोज हो जाए। लेकिन अगर तुम इसे छिपाने की कोशिश करोगे तो तुम और भी बड़ी मुसीबत में फँस जाओगे।"

विक्रम ने इस बात की अपेक्षा नहीं की थी। उसने खीजते हुए पूछा- "और कॉलेज से निकाल दिया गया तो?"

आरव ने उसके कंधे पर हाथ रखते हुए समझाया- "गलतियों का सॉल्यूशन छुपाने में नहीं, बल्कि उन्हें एक्सेप्ट करने में है। हेल्प केवल उसी को मिलती है जो अपनी ग़लती को एक्सेप्ट करने की हिम्मत दिखाता है।"

कुछ देर तक भीड़ के बीच इस कोने में चुप्पी छाई रही। और फिर विक्रम ने गहरी साँस लेते हुए कहा, "ठीक है मैं जाकर बात करूँगा। शायद तुम सही कह रहे हो।"

18

सीनिक ब्यूटी

एडमिन ब्लॉक में ग़लती क़ुबूल करने जाते वक़्त विक्रम ने कुछ सीनियर प्रोफ़ेसर्स की बातें सुन लीं। बातें जिनमें सिक्योरिटी ब्रीच में शामिल होने वाले लोगों के अंजाम की बात हो रही थी। सब सुनने के बाद विक्रम को सच बताने की हिम्मत ही नहीं हुई। वापस लौटते समय उसने अंतिम निश्चय कर लिया कि इन सबसे निकलने के लिए उसे आरव को किसी भी तरह मनाना पड़ेगा। विक्रम ने आरव से दोबारा संपर्क किया। आज रूम में मयंक भी था इसलिए विक्रम ने आरव को कमरे के बाहर लॉबी में बुलाया।

एकांत में मिलने पर विक्रम ने कहा- "आरव, मैंने कॉलेज को सच बताने की कोशिश की लेकिन उनकी बातों ने मुझे और डरा दिया है। मुझे किसी भी तरह से इस प्रॉब्लम से बाहर निकलना होगा वरना मेरा फ्यूचर बर्बाद हो जाएगा।"

आरव ने उसे धैर्य रखने की सलाह दी, लेकिन विक्रम की बेचैनी शांत होने का नाम नहीं ले रही थी। उसने दोबारा आरव से वित्तीय मदद की गुहार लगाई।

विक्रम ने कहा- “मेरे कुछ हैकर्स से कांटेक्ट हैं जो पैसे के बदले इस मैटर को साफ़ कर सकते हैं। उन्हें सिर्फ़ दो लाख चाहिए और मेरे पास उतने पैसे नहीं हैं।आरव प्लीज मेरी हेल्प करो।”

आरव थोड़ा हिचकिचाया पर आखिरकार दोस्ती के दबाव के आगे नैतिकता हार गयी और आख़िर में आरव ने मदद का फैसला किया। उसने विक्रम को 2 दिन बाद वापस मिलने को बुलाया।

विक्रम की ज़रूरत के सामने आरव का जादुई नोट भी असमंजस में था। जो नोट आजतक 10000 से ज़्यादा की राशि में तब्दील नहीं हुआ था उसको 200000 बनाना टेट्रा मछली से ब्लू व्हेल बनने की अपेक्षा करना था। एक रात बीत चुकी थी और अगली रात विक्रम पैसे लेने आने वाला था। 2 लाख का नकद कोई मामूली बात नहीं थी। आरव ने बहुत बार ये सोच कर अपना पर्स खोला कि अगर एक बार में नहीं तो लगातार कई बार में तो इतनी राशि पर्स से निकाली जा सकती होगी। पर उस समय न नोट चमका न कोई राशि पर्स में बढ़ी हुई दिखाई दी।

अगले दिन लेक्चर के बाद लंच के दौरान आरव अपने रूम में बैठा कुछ जुगाड़ सोच ही रहा था कि एकदम से उसके दिमाग़ में एक तरकीब सूझी- नोट को पर्स की जगह कॉलेज बैग में रखने की। आरव ने ये पहले कभी नहीं किया था लेकिन उस वक़्त उसे विक्रम की मदद करने का यही एक तरीका समझ आया।

आरव ने अपने कॉलेज बैग में नोट रखा, ज़रूरत की राशि सोची और चुपचाप बैठा रहा। 20 मिनट इंतज़ार के बाद भी उसे अंदर से कोई रोशनी आते दिखाई नहीं दी। 20 मिनट में 20 बार बैग खोल कर भी देख चुका था। अगली क्लास का टाइम हो चला। आरव ने बैग उठाया और लेक्चर हॉल की तरफ़ निकल गया। क्लास के दौरान जहाँ

कुछ बच्चे पढ़ाई और कुछ बच्चे लंच के बाद वाली नींद पर ध्यान दे रहे थे, वहीं आरव लेक्चर हॉल की दीवार पर लगी बड़ी घड़ी की टिक-टिक पर नज़रें गड़ाए बैठा था। इसलिए नहीं कि लेक्चर ख़त्म होने का इंतज़ार था। इसलिए क्योंकि विक्रम का मायूस चहरा देखने का समय क़रीब आ चुका था। घड़ी देखते-देखते आरव की झपकी लग गयी।

"लाइट कैसी चमक रही है?"

"अबे क्या है अंदर?"

"आरव सर आ रहे हैं!"

सिर पर एक टीप पड़ी और झपकी में सुनाई देती हुई आवाज़े अब साफ़ हो गयी। आँख खुली तो देखा प्रोफेसर सामने खड़े थे और वो हरे रंग के दिखाई पड़ रहे थे। उनकी हरी आँखों पर नज़र गई तो वो आरव के बगल में घूर रही थीं। आरव ने सिर घुमाते हुए ऊपर देखा तो पूरी क्लास और क्लास में बैठा हर शख्स हरे रंग का हो चुका था। और सबकी नज़रें एक जगह ही टिकी थीं। आरव के बैग से हरी रोशनी बाहर एक अद्भुत नज़ारा बन कर क्लास की दीवारों तक पहुँच रही थी।

आरव आश्चर्य में था। घबराते हुए बैग उठाया और भागने की कोशिश की पर बैग भारी हो चुका था। बैग की चेन खोल कर देखी तो वो हरे से नीला पड़ गया। किसी तरह दोनों कन्धों पर बैग टांग, आरव रूम की तरफ़ दौड़ पड़ा।

19

दस झूठ

आरव ने बिना देर किये विक्रम को कमरे में बुला कर उसके बैग में पैसे डाल दिए। विक्रम भी एक बार को हैरान था कि कुछ घंटों में आरव ने इतने पैसे जमा कैसे कर लिए। पर उस पर अभी अपने आप को बचाने की धुन सवार थी।

विक्रम ने कोलकाता जाकर उन हैकर्स को पैसे दे दिए, जो उसके सभी डिजिटल ट्रैसेस को मिटाने और उसे सुरक्षित रखने के काम में लग गए। इस घटना के कुछ दिनों बाद तक ऐसा लग रहा था कि विक्रम ने ख़ुद को इस परेशानी से बाहर निकाल लिया है। लेकिन यह शांति अस्थाई साबित हुई।

अपने स्तर की जाँच के बाद जब मैनेजमेंट को ये महसूस होने लगा कि ये मुद्दा उनसे हल नहीं होगा तब उन्होंने पुलिस को भी जाँच में शामिल कर लिया। पुलिस ने पूरे मामले की जाँच शुरू कर दी। मैनेजमेंट से पूरी जानकारी लेने और 2- 3 दिन की पूछ-ताछ के बाद पुलिस ने संदिग्धों की लिस्ट तैयार करनी शुरू कर दी। विक्रम का नाम इस लिस्ट में मौजूद था। विक्रम के लेन-देन पर नज़र रखते हुए, उन्हें जल्द ही एक

सुराग मिला– विक्रम के रूम मेट ने उसके पास एक नोट से भरा बैग देखा था। तफ़तीश आगे बढ़ने पर पुलिस को पता चला कि नोट के बैग के साथ विक्रम को आरव के रूम से निकलने के बाद देखा गया था। आरव का नाम आने पर कॉलेज के कई छात्रों ने पुलिस को आरव की पैसों की मदद के बारे में बढ़ा चढ़ाकर बताया।

आए दिन पुलिस की चलती तफ़तीश की हल्की-फुल्की जानकारी उड़ते-उड़ते आरव तक पहुँच रही थी। एक बार को तो लगा कि घर भाग जाए। पर फिर शक बढ़ेगा सोच मन को समझा लिया। अंततः जिस बात का डर इतने दिनों से आरव को सता रहा था वही हुआ। आरव के पास एक नोटिस आया जिसमें उसे पूछताछ के लिए पुलिस स्टेशन बुलाया गया। नोटिस देख कर उसका दिल बैठ गया। उसको एकदम भी अंदाज़ा नहीं था कि बात यहाँ तक पहुँच जाएगी। मुसीबत में फँसा इंसान अपने फैसलों को कोसने से पहले सामने दिखती हर चीज़ को कोसता है। आरव के सामने पर्स पड़ा था। पर्स से झांकते नोट को देख उसे बहुत गुस्सा आया।

नोटिस में दी गयी तारीख़ और समय पर आरव, पुलिस स्टेशन पहुँच गया। वो पहली बार पुलिस के सामने बैठा था। घबराहट इस हद तक थी कि बैठे-बैठे अपनी साँसें सुनाई पड़ रही थीं। उसके सामने इंस्पेक्टर चौधरी और सब-इंस्पेक्टर शांतनु मंडल बैठे थे, जो उसे ऐसे देख रहे थे मानो आँखों से हथकड़ी पहना देंगे।

कुछ देर घूरने की प्रक्रिया के बाद इंस्पेक्टर चौधरी ने गंभीरता से पूछा-

“आरव तुम्हारे दोस्त विक्रम ने तुमसे इतना ज़्यादा कैश लिया। इतनी बड़ी रकम तुम्हारे पास आई कहाँ से?”

आरव ने हल्का-सा गला खंखारा और जवाब देने की कोशिश की-

"कैश? सर मुझको नहीं पता आप किस कैश की बात कर रहे। और वैसे भी दो लाख मेरे पास कहा से आएँगे।"

चौधरी ने संजीदगी से सिर हिलाते हुए कहा, "दो लाख की तो बात ही नहीं की हमने अभी।"

आरव थोड़ी घबराहट में जवाब देने लगा, "वो सर कॉलेज में तो बात हो ही रही है न। और सर आखिरी बार विक्रम से मिलना मेरे हॉस्टल के कमरे में हुआ था। वो हमसे मिलने आया था बस।"

मंडल ने हल्का-सा मुस्कुराते हुए कहा, "सुना है तुम अपने बैच के रॉबिनहुड हो। सबको पैसा देकर उनकी मदद करते हो। आता कहाँ से है इतना पैसा?"

आरव ने झिझकते हुए कहा, "जी... हम फिजूलख़र्ची नहीं करते और थोड़े-थोड़े पैसे इकट्ठे हो जाते तो हम मदद कर देते हैं।"

इंस्पेक्टर चौधरी ने उसकी तरफ़ झुकते हुए कहा, "देखो आरव, तुम्हारा कॉलेज प्रबंधन परेशान है। सिस्टम थ्रेट आया था। कॉलेज बड़ी-बड़ी कंपनियों के साथ करोड़ो के प्रोजेक्ट्स पर काम करता है। ऐसे में तुम्हारा अपने कॉलेज को छोड़ अपने दोस्त की मदद करना ठीक बात नहीं है। अगर तुम्हारे पास कोई भी जानकारी हो तो अभी बता दो।"

आरव अब पूरी तरह से घबरा चुका था। सच बताने का रास्ता भी बंद था क्योंकि चमत्कारी नोट के बारे में वो किसी को कुछ नहीं बता सकता था। उसने धीरे से कहा, "सर हम सच बोल रहे। हमको इस केस के बारे में कुछ भी नहीं पता है।"

मंडल ने एक बार फिर हल्के व्यंग्य भरे लहजे में कहा, “खैर! तुम सिर्फ़ एक दोस्त की मदद कर रहे थे, लेकिन अगली बार सावधान रहना। और याद रखना- एक झूठ छुपाने के लिए दस झूठ बोलने पड़ते हैं।”

आरव का दिल धड़कते हुए शांत हो गया। पर उसे समझ में आ रहा था कि स्टेशन की ये पहली यात्रा आखिरी नहीं है। पुलिस स्टेशन से बाहर निकलते हुए वो इस दलदल के बारे में सोचकर शून्य हो चुका था। इतनी घटनाओं के बीच दूसरा सेमेस्टर कब बीत गया पता ही नही चला। पढ़ाई पर पूरा ध्यान ना दे पाने की वजह से आरव की रैंक फिसल कर दोहरे अंकों में पहुँच चुकी थी।

20

ट्रैप्ड

पुलिस की पूछताछ के बाद, आरव सहम गया था। उसे समझ नहीं आ रहा था कि वो अपने किए पर पछतावा करे या पुलिस से बचने के लिए कुछ और बहाना ढूँढे। उसकी दुनिया एक पल में उलट-पलट गई थी। दूसरी तरफ़ पुलिस की पूछ ताछ वाली ख़बर, पूरे कॉलेज में आग की तरह फ़ैल चुकी थी। चारों ओर आरव के बारे में बातें हो रही थी। हर कोई उसकी मदद करने की क्षमता पर सवाल उठा रहा था। भागती दौड़ती दुनिया में अधिकांश समाज को फ़ैसले के इंतज़ार का धैर्य नहीं होता है।

ओल्ड लेक्चर हॉल बिल्डिंग के कॉरिडोर से गुजरते वक़्त आरव ने सुना कि कुछ बैचमेट्स फुसफुसा रहे हैं- "यार! आरव की कहानी कुछ अजीब लगती है। आखिर एक स्टूडेंट इतना पैसा कहाँ से ला सकता है?"

दूसरे ने सहमति जताई- "हाँ, पता नहीं उसने क्या चक्कर चला रखा है। इस बार तो हद्द ही कर दी भाई साहब ने! सुना दो लाख की मदद की है विक्रम की!!!"

ऐसी फुसफुसाहटें आरव के कान पर गिरना अब आम हो चुकी थी। उसे एहसास होने लगा था कि उसकी छवि अब पहले जैसी नहीं रही। जिस भावना से अभी तक उसने लोगों को मदद पहुँचाई थी उसी भावना ने अब उसे एक संदिग्ध बना दिया था।

उस रात आरव मन में हज़ारों सवाल और चिंताएँ लिए सो गया। काफ़ी दिन बाद आज वह खंडहर वाले सपने में वापस था। वो तालाब के किनारे बैठा था। उसे हर तरफ़ से पत्तों की सरसराहट सुनाई दे रही थी। अचानक सामने वही विशालकाय उल्लू प्रकट हुआ। उल्लू की चमकदार आँखें जैसे आरव की आत्मा को देख रही थीं।

उल्लू ने गहरे स्वर में कहा, "तुम फँस गए आरव। तुम्हारी मदद करने की इच्छा एक सराहनीय शक्ति है। लेकिन इस बार इसका उपयोग बिल्कुल भी ठीक नहीं हुआ। तुमने जिस तरह इस वरदान का इस्तेमाल किया, उससे केवल तुम्हारा नहीं बल्कि दूसरों का भी नुकसान हो रहा है।"

आरव ने धीमे स्वर में जवाब दिया- "हमको नहीं पता था कि इतनी गड़बड़ हो जाएगी। हमने तो केवल विक्रम की हेल्प करनी चाही थी।"

उल्लू ने ठहर कर कहा- "महाभारत में भी एक ऐसा योद्धा था जिसने अपने वरदानों का सही इस्तेमाल न करने पर बड़े संकट झेले। उसने अपनी अद्वितीय शक्ति का सही उपयोग नहीं किया और अपने वरदानों का ग़लत तरीके से प्रयोग करके उन लोगों की मदद की जो उसके विश्वास के काबिल नहीं थे। अंततः उसने ख़ुद को पराजित पाया।"

आरव ने हताशा में कहा- "विक्रम को इस तरह बेबस नहीं देख पाए।"

उल्लू ने जवाब दिया- "कर्ण ने भी यही सोचा था, पर नियत और विवेक में फ़र्क़ होता है आरव। किसी भी शक्ति का उपयोग तभी सार्थक होता है जब उसके साथ विवेक जुड़ा हो। तुम्हारा यह नोट एक शक्ति है, लेकिन तुम्हें यह समझना था कि इसका उपयोग विवेकपूर्ण और संयम से हो। बिना जांचे-परखे किसी की मदद करने का अर्थ केवल अपनी शक्ति को व्यर्थ में गँवाना नहीं, बल्कि ख़ुद को और दूसरों को मुसीबत में डालना भी है।"

सपना अधूरा रहा। सपने का आरव मन ही मन सोचने लगा था कि काश असल जीवन वाले आरव को उल्लू से मिली सारी सीख मिल जाती तो कितना बेहतर होता। कॉलेज में लोग या तो अब आरव को हैरानी से देखते थे या तो शक भरी निगाहों से। कोई कहता कि वो किसी अवैध गतिविधि में शामिल हो गया है तो कोई कहता कि वो दूसरों की मदद करने का ढोंग कर रहा है। विक्रम वाले कांड के बाद मयंक ने घर के प्रेशर में वार्डन से बोलकर अपना रूम चेंज करवा लिया था। पर उसको आरव की चिंता थी। एक शाम मयंक और कुछ अन्य दोस्त आरव से मिलने उसके रूम में आए। मयंक ने उससे सीधे पूछा, "यार, तू हमसे कुछ छुपा रहा है क्या? तेरे पास अचानक इतना पैसा कहाँ से आया?"

आरव ने चुप रहकर जवाब दिया, "मयंक, हम बस इतना कहना चाहते हैं कि तुम लोग मेरे बारे में ग़लत मत सोचो। मेरा इरादा कभी भी कोई ग़लत काम करने का नहीं रहा है।"

मयंक ने गंभीर होकर कहा, "अगर वाकई में तेरे इरादे नेक हैं, तो तुझे सोचने की ज़रूरत है कि तेरे हेल्प करने के डिसीजंस से कहीं तू ख़ुद को मुश्किल में तो नहीं डाल रहा। यही बात ध्रुव के समय भी बोली थी मैंने। पर तू मानता कहाँ किसी की।"

आरव ने विक्रम को पैसा देने वाली बात से सबके सामने इंकार तो कर दिया था पर उसकी बात पर अब कोई भरोसा नहीं कर रहा था। दूसरी तरफ़ पुलिस की पूछताछ में भी आरव ने भले ही विक्रम की मदद करने से अपना पल्ला झाड़ लिया था मगर अधिकारी अभी भी उसकी गतिविधियों को लेकर पूरी तरह आश्वस्त नहीं थे। विक्रम ने अभी तक अपनी ग़लती कुबूली नहीं थी। भले ही प्रबंधन की शुरुआती तहक़ीक़ात में कुछ सुबूत विक्रम के लैपटॉप के आईपी एड्रेस के मिले थे मगर हैकर्स को पैसा देने के बाद विक्रम के ख़िलाफ़ आगे कोई नए सबूत जुटा पाने में पुलिस तक असमर्थ थी।

अगले कुछ दिनों तक पुलिस ने आरव की गतिविधियों पर निगरानी बढ़ा दी। उन्होंने कॉलेज में उसकी दिनचर्या पर नज़र रखनी शुरू कर दी। पुलिस का प्रयास आरव के दोस्तों, प्रोफेसर्स और कॉलेज में उससे जुड़े हर इंसान से छोटी से छोटी जानकारी लेने का था। वो ये जानने की कोशिश कर रहे थे कि अगर आरव की तरफ़ से मदद हुई थी तो कहीं उसके पीछे किसी तरह का बाहरी प्रभाव या अवैध नेटवर्क तो नहीं था। पुलिस की ऐसी तफ़तीश का असर आरव के रिश्तों पर दिखाई तब दिया जब उसके दोस्तों ने भी उससे दूरी बनाना शुरू कर दी।

खीज कर एक बार आरव के मन में नोट को फाड़ देने का भी ख़याल आया। वरदान को श्राप बनते देख ये ख़याल आना ताज्जुब नहीं था। उसके मन में यह खौफ़ घर कर गया था कि नोट की वजह से पकड़े जाने पर उसके माँ पापा की प्रतिष्ठा पर सवाल उठेंगे।

इस बीच, एक दिन पुलिस ने कॉलेज कैंपस में अचानक छापा मारते हुए कुछ छात्रों के कमरों की तलाशी ली, जिनमें आरव का कमरा भी शामिल था। हालांकि, उन्हें कोई सुराग नहीं मिला, परंतु आरव का संदेह और चिंता अब और बढ़ गई थी।

21

मंथन

आरव के मन में बेचैनी और चिंता उफान पर थी। उसने अभी तक अपनी आपबीती घर में किसी को नहीं बताई थी। यूँ तो अंकुर से हफ़्ते में क़रीब एक बार बात हो जाया करती थी पर क्योंकि अंकुर का आरव के घर में आना जाना नियमित था पर अंकुर के मन में बात ना रख पाने के स्वभाव को जानते हुए आरव ने उससे भी दिल हल्का करने से परहेज़ किया। बहुत दिन बात को राज़ बनाकर अपने अंदर रखने के बाद आखिरकार आरव ने विक्रम और नोट का पूरा किस्सा सान्या को सुना दिया। सान्या सब सुन कर हतप्रभ थी। सान्या तक इस जादू की कहानी कुछ 8 साल पहले भी पहुँची थी। पर जादू के इस रूप के बारे में उसे पहली बार पता चल रहा था। किसी भी आम इंसान की तरह उसको भी ये कहानी सुन कर पूरी तरह हज़म नहीं हुई।

आरव ने घटनाओं का क्रम एक-एक करके सान्या को सुनाया। सान्या नोट के बारे में इतना कुछ जानने वाली पहली इंसान थी। कहा जाता है कि राज़ रखना कला है। पर आरव आज जिस स्थिति में था उसमें इस कला को सँवारने से ज़्यादा ज़रूरी चीज़ थी- ख़ुद को अकेलेपन

से बचा पाना। कहानियों को सुनकर सान्या को पहले जादू के होने पर विश्वास हुआ, फिर उसकी काबिलियत और खतरे का एहसास हुआ। आश्चर्यचकित होने के बाद के भाव गुस्से के थे। पर उस दिन सिर्फ़ आरव की पूरी बात सुनकर सान्या ने कॉल डिसकनेक्ट कर दी।

अगले दिन जब सान्या ने आरव को कॉल किया तो गुस्सा उसकी आवाज़ से साफ़ झलक रहा था।

"आरव, तुम्हें समझ में भी आता है कि तुम क्या कर रहे हो?" सान्या की आवाज़ में गुस्सा और चिंता दोनों थे।

आरव ने धीरे से कहा, "दीदी, हम तो बस हेल्प..."

"हेल्प? और इस तरीक़े से? गधे हो तुम। क्या तुम्हें ज़रा भी अंदाज़ा है कि तुम्हारी इस 'हेल्प' के चक्कर में तुम कहाँ फँस सकते हो?" सान्या ने गुस्से में कहा।

"तुम्हें तुरंत उस नोट से छुटकारा पाना चाहिए आरव। ये कोई मज़ाक़ की चीज़ नही है जिससे तुम बार-बार पैसे निकाल सकते हो बिना सोचे-समझे!"

आरव चुप था, उसे अपनी बहन की चिंता महसूस हो रही थी, लेकिन उसे समझ नहीं आ रहा था कि क्या कहे।

सान्या ने फिर कहा, "सुनो आरव कल हम तुम्हारे लिए बैंक जाकर एक अकाउंट खुलवायेंगे। अगर तुम्हें सच में कभी किसी की मदद करनी है तो ठीक तरीक़े से और अपनी हैसियत के हिसाब से करो। इस मैजिकल नोट के पीछे भागकर नहीं।"

आरव ज़्यादा कुछ बोल नहीं पाया। माँ पापा से मिलने वाले पर्याप्त पैसों के अलावा बहन से आर्थिक मदद लेने के लिए वो तैयार नहीं था।

अगले दिन सान्या ने बैंक जाकर आरव के नाम से अकाउंट खुलवाया और उसमें कुछ पैसे भी जमा किए। शाम को उसने आरव को फिर से कॉल किया।

"तुम्हारा अकाउंट खुल गया है। अब आगे से तुम्हें जब भी पैसों की ज़रूरत होगी तो हम पैसे भेजेंगे। मगर आरव, अब उस नोट का इस्तेमाल मत करना। समझे? ध्यान रखना, आरव। कोई भी ग़लती मत करना, और ये बात माँ-पापा से छुपाकर मत रखो। उन्हें सब बता दो।"

आरव के मन में यह बात सुनते ही पुरानी यादें ताज़ा हो गईं। उसे अचानक वो दिन और घटना याद आ गई जब वो पाँचवीं कक्षा में था और उसने पहली बार इस नोट का इस्तेमाल किया था। नोट के इस्तेमाल करने पर उसी दिन, उसकी माँ को प्रिंसिपल ने स्कूल में बुलाया था। आरव की आँखों के सामने माँ की शर्मिंदा होने वाली वो शकल आ गयी। आज आरव की शर्मिंदगी भी कुछ उसी प्रकार थी। उसे आज भी याद था कि कैसे माँ ने उस दिन रोते हुए उसे समझाया था कि छल करना ग़लत है। वो घटना आरव के लिए एक गहरा धक्का थी। यही कारण था कि आरव माँ से नोट का सच आज तक नहीं बता पाया था। अभी वाले किस्से की ख़बर माँ तक पहुँचने के ख़याल से भी वो घबरा गया।

आरव ने थोड़ी हिचकिचाहट के साथ कहा, "दीदी, अभी नहीं। माँ-पापा को इस चिंता में नहीं डालना है।"

सान्या ने एक गहरी साँस ली और आरव को समझाते हुए कहा

"ठीक है! लेकिन तुम हमसे वादा करो कि आगे से समझदारी से काम लोगे। हम सब तुम्हारे साथ हैं आरव। ज़्यादा परेशान मत हो और पढ़ाई पर ध्यान दो।"

आरव ने वादा किया और कॉल डिसकनेक्ट होने के बाद दिल में एक हल्का-सा सुकून महसूस किया। कई दिनों से गंभीर मुद्दों का जो जंजाल, मन में बुन चुका था वो आज हल्का छँट गया था।

एक दिन लेक्चर के बाद जैसे ही स्टूडेंट्स धीरे-धीरे क्लासरूम से बाहर निकलने लगे, मयंक ने कॉरिडोर में आरव के कंधे पर हाथ रखा।

"अरे आरव! कॉल भी नहीं उठाओगे अब मेरे?"

आरव ने बात टालने की कोशिश करते हुए कहा, "नहीं नहीं भाई। ऐसा कुछ नहीं है। बस थोड़ा टेंशन चल रहा। मालूम तो है तुमको।"

मयंक ने उसकी ओर ध्यान से देखते हुए कहा, "सब पता है। तू जानता है मैं रूम नहीं छोड़ना चाहता था। पर वो पापा को किसी ने बता दिया..."

आरव ने गहरी साँस ली और जवाब दिया- "तुमसे गुस्सा नहीं हैं यार। कांड ने उलझा दिया है थोड़ा बस।"

मयंक थोड़ी देर तक सोचता रहा, फिर एकदम से बोला, "तुझे इन सब से हटकर कुछ चाहिए जो तेरे दिमाग़ को थोड़ा रिलैक्स कर सके। म्यूजिक रूम वापस जाना शुरू कर दे तू।"

आरव ने पूछा- "म्यूजिक रूम?"

"हाँ, म्यूजिक रूम। अब तो सेकंड ईयर में भी आ गए यार। क्लब के लिए भी बात करनी चाहिए तुझको।"

आरव की आँखों में हल्की-सी चमक आ गई। स्कूल के वो पल याद आने लगे जब वो गिटार के साथ गुनगुनाया करता था। म्यूजिक हमेशा से उसकी ज़िंदगी का एक सुकून भरा कोना था। संगीत सिर्फ़

कला नहीं होती। वो एक ऐसा दोस्त है,जो हर समय आपके साथ रह कर आपको सहारा दे सकता है।

आरव की आँखों में उत्साह देखते हुए मयंक बोला "अभी मंथन क्लब के मेंबर्स अगले महीने के कॉलेज फेस्ट के लिए तैयारी कर रहे हैं। एक बार बस वहाँ जाकर देख, शायद तुझे चांस मिल जाए।"

आरव ने धीरे से एक लंबी साँस ली और जवाब दिया- "पता नहीं, मयंक, इतने सारे मसलों के बीच..."

"यही तो वजह है कि तुझे इसकी ज़रूरत है!" मयंक ने उसके शब्दों को बीच में ही काटते हुए कहा- "म्यूजिक क्योर करता है भाई। और मैं क्या समझा रहा, मेरे से ज़्यादा अच्छी तरह से ये बात जानता है तू।"

आरव ने मयंक की बातों में सच्चाई महसूस की। तनाव और अनिश्चितता के बीच, संगीत की तरफ़ वापस जाने भर का ख़याल ही उसे थोड़ी राहत दे रहा था।

आरव ने आखिरकार हामी भरते हुए हल्की मुस्कान के साथ कहा- "ठीक है, आज जायेंगे शाम को म्यूजिक रूम।"

मयंक ने उसके कंधे पर थपकी दी- "बिल्कुल! क्लास के बाद चलते हैं।"

मंथन एक ऐसा रास्ता था जो आरव को उस तूफान से बाहर निकालने में मदद कर सकता था।

22

कर्तव्य

आरव तीसरे सेमेस्टर में था और उसने वापस पढ़ाई पर फोकस करना शुरू कर दिया था। मयंक के कहने पर वो कॉलेज के म्यूजिक क्लब-मंथन गया और वहाँ ऑडिशन के दौरान उसको एक गायक और गिटारिस्ट के तौर पर काफ़ी सराहना मिली। कॉलेज बैंड का हिस्सा तो नहीं बन पाया पर मंथन में उसका नाम जुड़ गया। कॉलेज में जो इंटरनेशनल कॉन्फ्रेन्सेस होती थीं उसमें परफॉर्म करने का मौका दिया जाने लगा।

मंथन में शामिल होने के बाद उसकी मानसिक स्थिति बेहतर होने लगी थी। कहा जाता है, समय सबसे बड़ा मरहम होता है। नेकी के स्वभाव और वरदान से जो घाव उसे पिछले कुछ समय पहले मिले थे उससे वो उबर रहा था, प्रकृति का चक्र था। गर्मी के बाद बारिश का मौसम आया था।

एक शाम नताशा के साथ टहलते वक़्त आरव की नज़र हेरिटेज बिल्डिंग के नोटिस बोर्ड पर लगे पोस्टर पर ठहर गयी, जिसमें लिखा था:

"कर्तव्य में जुड़ें: शिक्षा के माध्यम से समाज बदलने की दिशा में कदम।"

ये संगठन IIT धनबाद के अलुमिनी द्वारा चलाया जाता था और समाज के वंचित वर्ग के बच्चों को शिक्षित करने के लिए काम करता था। इसके अलावा, ये महिला सशक्तिकरण, व्यावसायिक प्रशिक्षण और स्वास्थ्य जैसे मुद्दों पर भी काम करता था।

क्यूरी तापमान वो तापमान है जिस पर एक पदार्थ अपनी चुंबकीय गुणधर्मों को खो देता है और इस तापमान से अधिक तापमान पहुँचने पर वो अचुंबकीय हो जाता है। आरव के जीवन में दूसरों की मदद करने की जिम्मेदारी लेने की प्रवृत्ती एक चुम्बक-सी थी जो इतना सब होने के बावजूद क्यूरी तापमान तक नहीं पहुँची थी।

अपने स्वभाव के अनुरूप कर्तव्य का हिस्सा बनने के लिए आरव ने मयंक से संपर्क किया जो पहले से ही संगठन का सदस्य था। मयंक के बताने पर अगले दिन आरव कर्तव्य के सेंटर पर पहुँच गया। वहाँ कई छात्र ग़रीब बच्चों को पढ़ा रहे थे। छोटे-छोटे बच्चे फटी हुई किताबों और पुरानी कॉपियों के साथ पढ़ाई कर रहे थे लेकिन उनके चेहरों पर चमक थी। कॉलेज फाइनल ईयर की स्टूडेंट, अनामिका ने आरव को संगठन के बारे में विस्तार से बताया।

हफ़्ते में तीन दिन क्लास के बाद 2 घंटे का समय निकालकर बाकी सदस्यों के साथ आरव कर्तव्य में अपना योगदान देने लगा। कुछ ही दिनों में उसको समझ आ गया कि मदद के लिए संसाधनों का आभाव था। बच्चों के लिए किताबें, स्टेशनरी, और एक बेहतर पढ़ाई का माहौल तैयार करने के लिए फंड की ज़रूरत थी।

आलम ये था कि एक मीटिंग में बताया गया कि अगले महीने की गतिविधियों के लिए पैसे नहीं हैं। फंडरेजिंग करने और डोनर्स से संपर्क करने का सिलसिला शुरू हुआ। कुछ दिनों तक जुझारू रूप से सारे मेंबर्स ने अपने अपने स्तर पर काफ़ी प्रयास किया पर अगली मीटिंग के समय सब निराश बैठे हुए थे। किसी के पास साझा करने को कोई अच्छी ख़बर नहीं थी। आरव को नोट न इस्तेमाल कर पाने की वजह से अंदर ही अंदर घुटन हो रही थी। लेकिन इस बार उसने अपने दिल को नोट का इस्तेमाल करने से मना कर दिया। वो जानता था कि पुलिस की नज़र उस पर थी और वो कोई जोखिम नहीं लेना चाहता था। बहुत सोच विचार के एक शाम उसने अपनी बहन सान्या को फोन मिला दिया।

"दीदी, मुझे तुमसे एक मदद चाहिए," आरव ने फोन पर कहा।

सान्या ने चिंतित स्वर में पूछा, "अब क्या हुआ, आरव?"

"दीदी अभी पढ़ाई के साथ-साथ कॉलेज में कर्तव्य नाम के एक NGO के साथ काम करना शुरू किया है। ये डिप्राइव्ड बच्चों को पढ़ाई में मदद करता है। फंड की बहुत ज़्यादा कमी है। NGO के साथ जुड़े सभी लोगों ने फंड लाने की कोशिश कर ली पर बात बन नहीं पायी। क्या तुम मेरी मदद कर सकती हो?"

सान्या थोड़ी देर के लिए चुप रही, फिर बोली, "तुम्हें कितने पैसों की ज़रूरत है?"

"झारखंड में पाँच जगह डिजिटल क्लास-रूम सेट अप करने और बाक़ी संसाधनों के लिए क़रीब डेढ़ लाख रुपये," आरव ने झिझकते हुए कहा।

असहाय की मदद करने की प्रेरणा घर से ही तो मिली थी। सान्या ने बिना ज़्यादा समय लिए बोला "ठीक है! पर इतनी बड़ी राशि तो हम

अकेले एकदम से नहीं दे पाएंगे। एक बार हम अपने कॉलेज में अपने दोस्तों से बात करते हैं। पाँच-छः लोग मिल कर मदद कर सकते हैं। चिंता मत करो तुम्हारे अकाउंट में पैसे ट्रांसफ़र कर देंगे पर आरव तुमने जो पहले किया था वो अब मत करना।"

"दीदी उसका इस्तेमाल नहीं करना है इसीलिए तो तुमसे हेल्प चाहिए।" आरव ने आश्वासन दिया।

अगले दिन, सान्या ने पैसे ट्रांसफ़र कर दिए। कर्तव्य के लिए ये फंडिंग एक बड़ी राहत थी। उन पैसों से बच्चों के लिए नई किताबें खरीदी गईं, डिजिटल क्लासरूम का सेट अप बनाया गया, सिर्फ़ धनबाद ही नहीं, झारखंड के 4 और शहरों में सेंटर बनाए गए। जब बच्चों को नई किताबें और स्टेशनरी मिली, तो उनके चेहरे की मुस्कान देख आरव को अंदर से बेहद खुशी हुई। पर शनि राहु केतु जब सब एक साथ काम कर रहें हो तो अच्छा किया हुआ भी दरिया में चला जाता है। पैसों की मदद से वापस कॉलेज में आरव पर सवाल उठने लगे।

अच्छी दोस्ती के बल पर पूरी दुनिया से टकराया जा सकता है। पर इंसान हारता वहीं हैं जहाँ दोस्त भी भरोसा खोने लगें। राहुल ने एक दिन कैंटीन में आरव से पूछा- "यार तुमको इतने पैसे कहाँ से मिलते हैं?"

आरव ने बात टालते हुए कहा, "बस थोड़ी सेविंग्स थी। और क्या?"

"सेविंग्स? भाई, इतने बड़े फंड्स के लिए सिर्फ़ सेविंग्स काफ़ी नहीं होतीं," राहुल ने व्यंग्य से कहा।

मयंक ने बीच-बचाव करते हुए कहा,"छोड़ो यार, जो भी हो, कम से कम वो अच्छे काम के लिए इस्तेमाल कर रहा है।"

लेकिन दोस्त के आए ऐसे सवाल से आरव अंदर ही अंदर बेचैन हो गया। वो अंदर ही अंदर समझ गया था कि NGO में की गई मदद को भी कहीं न कहीं पुराने किस्से से जोड़ दिया जाएगा। कॉलेज में चलती खबरों के बीच पुलिस ने फिर से आरव के फाइनेंशियल ट्रांजेक्शन्स पर नज़र डालनी शुरू कर दी। लेकिन उन्हें कुछ भी संदिग्ध नहीं मिला। सान्या से आए पैसे पूरी तरह वैध थे। चढ़ते पानी का स्तर सामान्य हो गया।

आगे कुछ दिनों में आरव ने कर्तव्य में एक नए फंडरेजिंग कार्यक्रम की योजना बनाई। बच्चों द्वारा बनाई गई कला और क्राफ्ट को बेचने का प्रस्ताव लगभग सारे साथियों को पसंद आया। अनामिका और बाकी सदस्यों ने इस सुझाव को सराहा और जल्द ही कर्तव्य में बच्चों को कला और क्राफ्ट सिखाने के लिए एक वर्कशॉप शुरू हो गई।

23

रोड टू रिकवरी

इंजीनियरिंग का आम विद्यार्थी अमूमन पहले और दूसरे वर्ष तक कई नयी चीज़ों से रूबरू हो चुका होता है। अनुभव के नज़रिये से उसके पास नए लोगों से हुई मुलाकातें होती हैं, बिगड़ने और सीखने के नए ज़रिए होते हैं, इश्क़ में बर्बाद होने या निखरने के कई कारण होते हैं। पर आरव के दो वर्षों का अनुभव अनूठा था। मार्क्स में गिरावट इसका प्रमाण था। हालाँकि, पुलिस को आरव के ख़िलाफ़ कोई ठोस सबूत नहीं मिल पाया था, लेकिन उसके मन में आज भी एक डर बना हुआ था। इतने सालों से जिस नोट को रोज़ देख, आरव ख़ुश होता था अब उसे देखने से भी कतराने लगा था।

एक शाम, लेक्चर खत्म होने के बाद, नताशा और आरव कैंपस के बाहर चाय की टपरी पर बैठे थे। आरव चाय के कप से उठती भाप को बड़ी गौर से देख रहा था। यूँ तो ठण्ड में चाय से उठती भाप का दृश्य चाय न पीने वाले व्यक्ति के लिए भी सुकून का यंत्र होता है। पर आरव के माथे पर शिकन थी। नताशा ने आरव को ऐसे देख कर पूछा- “ज़्यादा परेशान हो क्या?”

आरव ने एक गहरी साँस ली और कहा, “हाँ... नहीं, पता नहीं।”

नताशा ने बिना उसकी तरफ़ देखे कहा, “शेयर कर सकते हो।”

चाय की आखिरी चुस्की लेते हुए आरव ने चुप्पी तोड़ी।

“ये मेरे साथ ही क्यों हो रहा और इसका एंड क्या होगा। हमने तो कभी किसी का बुरा नही चाहा फिर हम यहाँ तक कैसे पहुँच गए कि पुलिस मेरे पीछे पड़ी है।”

नताशा ने उसका हाथ पकड़ते हुए कहा, “मैं जानती हूँ कि तुम्हारे इरादे अच्छे हैं। लेकिन तुम्हें सोचने की ज़रूरत है कि कहीं दूसरों की मदद करते-करते तुम ख़ुद को भूल तो नहीं रहे।”

आरव ने आगे कोई जवाब नहीं दिया। नताशा ने भी बात आगे नहीं बढ़ाई। आरव का नताशा के साथ समय बिताने का सबसे बड़ा कारण भी यही था। कुछ लोग अपनी परेशानी से ख़ुद ही निपटना बेहतर समझते हैं। उनकी ज़रूरत बस एक कोना होता है। आरव जीवन के जिस मोड़ पर खड़ा था वहाँ उसे न सिर्फ़ अपनी जिम्मेदारियों का सामना करना था बल्कि अपने डर और अनिश्चितताओं से भी अकेले ही जूझना था।

इन अनिश्चितताओं के साथ एक रात जब आरव सोया, तो उसे फिर से वही सपना आया। खंडहर की लाइन से थोड़ा अलग घने अंधेरे जंगल के बीच उल्लू बैठा था।

“मुझे पता है कि तुम्हारे मन में वरदान को लेकर दुविधा है। तुम अभी इसको कोस रहे हो। पर याद रखो कि ये शक्ति हमेशा के लिए नहीं है। तो क्या इसके ख़त्म होने पर तुम अपने सारे फैसलों पर खरे उतर पाओगे? क्या तुम्हें ख़ुद पर भरोसा है?”

आरव थोड़ा असहज हो गया। बच्चा भले ही तोहफे में मिली साइकिल से गिर जाए पर अगले दिन उसी साइकिल पर बैठ सब भुला कर दोबारा अपना खेल खेलता है। वरदान ख़त्म भी होगा- इसके बारे में आरव ने पहले कभी सोचा ही नहीं था। उसने सर झुकाकर जवाब दिया- "हाँ हमको अपने फैसलों पर भरोसा है। पर एक तरफ़ जहाँ अब इस वरदान का अभी खौफ़ है वहीं दूसरी तरफ़ हमको ये भी मालूम है कि वरदान के ख़त्म हो जाने पर दूसरों की मदद ना कर पाने का दुःख भी बहुत होगा।"

उल्लू ने गहरी साँस ली और कहा,

"तुम्हारी ताकत तुम्हारी आत्मा और मेहनत में है, न कि किसी जादू में। जादू सिर्फ़ एक ज़रिया है, मंज़िल पर पहुँचने की ताकत तुम्हारे अंदर है।"

आरव ने थोड़े विश्वास के साथ पूछा, "तो हमको अब क्या करना चाहिए?"

उल्लू ने जवाब दिया, "तुम्हें अपनी ज़िंदगी के हर हिस्से को संतुलित करना होगा। सबसे ज़रूरी अपने अंदर की सच्चाई को जानना और ख़ुद को पहचानना है। याद रखो ये नोट सिर्फ़ तुम्हारे सफ़र का एक हिस्सा है, तुम्हारी मंज़िल नहीं। जब भी तुम्हें कोई बड़ा फैसला लेना हो, तो ख़ुद से पूछो- क्या यह तुम्हारी आत्मा को सुकून देगा? अगर जवाब हाँ में हो, तो वो सही फैसला है।"

उल्लू की आवाज़ से आरव की नींद खुल गई। वो पसीने में भीगा हुआ था।

आरव अभी ऐसी स्थिति में था जहाँ उसको बदलाव चाहिए था। कुछ दिन बाद आरव के पास उसके स्कूल के दिनों के दोस्त- वरुण का

मैसेज आया। वरुण हैदराबाद में लॉ की पढ़ाई कर रहा था। मैसेज से चलती बातों में पता चला कि वो कोलकाता में एक मूट कोर्ट प्रतियोगिता में भाग लेने आने वाला था। मिलने के लिए जब वरुण ने कोलकाता बुलाया तो आरव ने बिना सोचे हाँ कर दिया। पुराने दोस्त से मिलने की सोचने भर से उसका मन कुछ हल्का हो गया। आरव ने कोलकाता चलने के लिए नताशा से भी पूछा। नताशा, पहले कभी कोलकाता नहीं गयी थी। आरव के साथ समय बिताने और शहर घूमने का सोच उसने प्रस्ताव तुरंत स्वीकार कर लिया।

सफ़र के दौरान, आरव और नताशा अपने बचपन की रेल यात्रा की कहानियाँ एक दूसरे से साझा कर रहे थे। हावड़ा मेल की खिड़की से बाहर बहती ठंडी हवा ने सफ़र को और ख़ास बना दिया। आरव खिड़की की तरफ़ बैठा था, और नताशा उसके बगल में।

“तुम्हें कोलकाता पसंद आएगा,” आरव ने कहा।

“कभी गई नहीं, पर सुना है कि सिटी बहुत कल्चरल और वाइब्रेंट है,” नताशा ने उत्साह से जवाब दिया।

“पता है वरुण और हम बहुत क़रीब थे। अब तो बात भी मुश्किल से हो पाती है।” आरव ने स्कूल का समय याद करते हुए कहा।

“मैं समझती हूँ। कभी-कभी पुराने दोस्तों से मिलना, अपने बचपन से मिलना लगता है,” नताशा ने कहा।

ट्रेन की लहराती आवाज़ के बीच आरव थोड़ी देर सोच कर बोला,

“हाँ बचपन को बहुत मिस करते यार।”

फिर थोड़ा रुक कर नताशा से पूछा- “वैसे तुम्हें देख कर लगता है तुम्हारी ज़िंदगी काफ़ी बैलेंस्ड है।”

नताशा ने मुस्कुराते हुए जवाब दिया, "हर किसी की ज़िंदगी में बैलेंस की कमी होती है। शायद मैं अच्छे से छुपा लेती हूँ।"

आरव को नताशा की बात पूरी समझ नहीं आई। छिपा लेने वाली बात ज़ेहन में घर तो कर गयी पर प्रोसेस होने के लिए रास्ता नहीं ढूँढ पाई। कोलकाता पहुँचने तक बातों की डोर काफ़ी दूर पहुँच चुकी थी। कोलकाता स्टेशन पर उतर वरुण की बताई गयी जगह पहुँचने तक शहर की ऊर्जा ने दोनों को आकर्षित किया। येलो टैक्सियों की लंबी कतारें, सड़कों पर चलता ट्राम, पुरानी ब्रिटिश कालीन इमारतें और ऊँची-ऊँची नयी आधुनिक इमारते- शहर में इतिहास और आधुनिकता का मेल था।

"एकदम अलग वाइब्स हैं यार!" नताशा ने टैक्सी की खिड़की से बाहर देखते हुए कहा।

"ऐसा लगता है ना कि ये शहर अपनी आत्मा में पुरानी यादें और नई उम्मीदें समेटे हुए है।" आरव ने जवाब दिया।

पार्क स्ट्रीट के पास एक पुराने कैफे में वरुण उनका इंतज़ार कर रहा था। वरुण ने आरव को देखते ही गले लगाया और नताशा की तरफ़ देखते हुए कहा- "नमस्ते भाभी।"

"ये नताशा है, मेरी बैचमेट" आरव ने वरुण के नमस्ते को नज़रअंदाज करते हुए कहा।

वरुण मुस्कुराया, "बैचमेट? या लाइफ़ पार्टनर इन मेकिंग?"

नताशा थोड़ा मुस्कुराई, लेकिन इस बार आरव ने बात बदल दी।

"कैसे हो भाई? और कोलकाता बुलाने के लिए थैंक यू। चेंज की ज़रुरत थी बहुत हमको।"

"मैं तो पहले से ही सेवियर था।" वरुण ने हँसते हुए जवाब दिया।

कैफे की कॉफ़ी के साथ उनकी बातचीत पुराने दिनों की यादों में खो गई। वरुण ने अपने लॉ स्टडीज़ के अनुभव साझा किए और आरव ने आईआईटी में अपनी ज़िंदगी के किस्से सुनाए। नोट के किस्से के बारे में आरव ने कोई ज़िक्र नहीं किया।

"आशीष की मदद की कहानी मुझे भूले नहीं भूलती भाई" वरुण ने कहा।

आरव ने जवाब दिया- "याद है आशीष ने इसके बाद क्या सेंटी डायलॉग मारा था- दोस्ती वो नहीं होती जो सिर्फ़ टाइम पास करे, बल्कि वो होती है जो वक़्त आने पर साथ खड़ी हो।"

दोनों इस बात पर खूब हँसे। नताशा को उनकी बातें आधी अधूरी ही समझ आ रही थी। पर आरव को ख़ुश देख उसको कोई गिला नहीं था। कैफ़े के बाद तीनों ने पार्क स्ट्रीट की गलियों में घूमने का फैसला किया। चारों तरफ़ चमकती रोशनी, क्रिसमस की सजावट से माहौल जादुई बना हुआ था। एक मोड़ पर, उन्होंने पुचका का आनंद लिया।

सेकंड, मिनट, घंटे भागते हुए रवानगी के समय तक पहुँच गए। आरव ने वरुण से अगली बार जल्दी मिलने का वादा कर स्टेशन का रुख किया। वापसी के सफ़र में नताशा ने सिर सीट पर टिकाया और कुछ सोचते हुए कहा, "तुम्हारे दोस्त वरुण और कोलकाता दोनों से मिल कर मज़ा आया। थैंक यू"

आरव ने हल्के से मुस्कुराते हुए जवाब दिया-"आने के लिए थैंक यू"

24

हसल

इंजीनियरिंग का आधा पड़ाव पार कर आरव अब पाँचवें सेमेस्टर में था। उसका सपना था कि वो छठे सेमेस्टर में अपनी पसंदीदा कंपनी में एक इंटरनेशनल पेड इंटर्नशिप हासिल करे। कॉलेज ज्वाइन करने के बाद कुछ दिनों में ही सारे बच्चों को इस बात से अवगत करा दिया गया था कि पेड इंटर्नशिप एक शानदार अनुभव प्रदान करने के साथ साथ प्री-प्लेसमेंट ऑफर (PPO) के द्वार भी खोलती है। लेकिन ये राह आसान नहीं थी। आरव ने सीनियर्स से सुना था कि इंटरनेशनल पेड इंटर्नशिप के लिए पाँचवें सेमेस्टर से मेहनत शुरू करनी होगी।

इस इंटर्नशिप के लिए अप्लाई करने की प्रक्रिया जानने एक दिन आरव अपने सीनियर- मोहित से मिलने, डायमंड हॉस्टल पहुँचा। मोहित वो सीनियर था जिसने इंटरनेशनल पेड इंटर्नशिप हासिल करने के साथ-साथ PPO भी क्रैक किया था। ये उन पाँच सीनियर्स में से एक था जिसने आरव की रैगिंग ली थी। डायमंड हॉस्टल, आईएसएम धनबाद का सबसे पुराना हॉस्टल था जहाँ फाइनल ईयर के छात्र रहते थे। ये हॉस्टल अपने इतिहास और गौरवशाली परंपरा के लिए प्रसिद्ध

था। रूम नंबर 161 में पहुँच आरव को दरवाज़ा नॉक करने की ज़रुरत नहीं पड़ी। दरवाज़ा अंदर बसे धुएँ के वेन्टीलेशन के लिए पहले से खुला था। मोहित ने आरव को अंदर आते देख कर भी अनदेखा कर दिया। मोहित और आरव कई बार साथ में क्रिकेट खेल चुके थे इसलिए एक दूसरे के व्यवहार से वाकिफ़ थे। आरव ने बिना समय ज़ाया किये मोहित से पूछा-

"मोहित सर हम छठे सेमेस्टर में इंटरनेशनल इंटर्नशिप के लिए अप्लाई करना चाहते हैं। क्या आप हेल्प कर सकते हैं?"

मोहित अभी सिगरेट पीते पीते अपने लैपटॉप पर काम कर रहा था। ऐश ट्रे में एक तिनके भर की जगह नहीं बची थी पर तब भी मोहित उसका इस्तेमाल कर रहा था। आरव की ये बात सुन कर मोहित ने मुस्कुराते हुए कहा, "अंग्रेजन देखने जाना है बाहर?"

आरव ने शरमाते हुए जवाब दिया-

"अरे नहीं सर। PPO चाहिए हमको।"

"तो PPO तो यहाँ भी मिल जाएगा।"

"पर सर हमको उस कंपनी में PPO चाहिए जहाँ से आपको मिला है।"

मोहित ने सिगरेट बुझाते हुए कहा-

"रेज़्यूमे बहुत स्ट्रांग होना चाहिए बेटा। तुम्हारे प्रोजेक्ट्स, ऐकडेमिक रिकॉर्ड और तुम्हारी स्किल्स रेज़्यूमे में ऐसी दिखनी चाहिए जो कंपनी को देख कर लगे कि तुमको नहीं लिया तो कंपनी बंद हो जाएगी।"

इसके बाद, मोहित ने आरव को कुछ नाम सुझाए।

"ये कंपनियां पेट्रोलियम इंजीनियरिंग में तोड़ू हैं। लेकिन इनमे अप्लाई करना और सेलेक्ट होना उतना ही मुश्किल। मेहनत करो और अपने प्रोफेसर से भी मदद लो," मोहित ने सलाह दे कर वापस अपने लैपटॉप पर काम करना शुरू कर दिया।

आरव के प्रोजेक्ट्स और स्किल्स सब दुरुस्त थे। ऐकडेमिक रिकॉर्ड दूसरे और तीसरे सेमेस्टर में थोड़ा लहर खाने के बाद वापस कवच कुण्डल पहन चुके थे। पर अंतरराष्ट्रीय इंटर्नशिप के लिए आरव को कई डाक्यूमेंट्स चाहिए थे- ट्रांसक्रिप्ट, टीओआर (टर्म्स ऑफ रेफरेंस), और प्रोफेसर्स से लेटर ऑफ़ रिकमेन्डेशन। अगले ही दिन आरव ने अपने विभाग के प्रोफेसर डॉ. कमल पाठक से संपर्क किया। लेक्चर के बाद आरव उनके रूम में उनसे मिलने पहुँच गया।

"सर हम एक्सॉनमोबिल में अंतरराष्ट्रीय इंटर्नशिप के लिए अप्लाई करना चाहते हैं।"

उन्होंने चश्मा ठीक करते हुए आरव से पूछा- "अपने देश में कोई कंपनी सही नहीं लगती तुमको?"

"सर, जब से कॉलेज में आए सीनियर्स से इस कंपनी के बारे में बहुत सुना है। मेरा ड्रीम है इसमें काम करने का।"

डॉ. कमल पाठक ने कहा, "एक्सॉनमोबिल जैसी कंपनी के स्टैंडर्ड्स बहुत हाई हैं। तुम्हें एक इम्पैक्टफुल कवर लेटर लिखना होगा। मैं तुम्हारे लिए लेटर ऑफ़ रिकमेन्डेशन लिख दूंगा, लेकिन पहले तुम अपना रेज़्यूमे और कवर लेटर मेरे पास लाओ। फिर बात करते हैं।"

इसके बाद, आरव ने अपने डाक्यूमेंट्स इकट्ठा करने की दौड़ शुरू की। सबसे पहले एकेडेमिक बिल्डिंग में ट्रांसक्रिप्ट लेने के लिए पहुँचा जहाँ स्टाफ ने बताया कि डाक्यूमेंट दो दिन बाद मिलेगा। फिर उसने रजिस्ट्रार ऑफ़िस से टीओआर (टर्म्स ऑफ रेफरेंस) के लिए संपर्क किया। वहाँ से उसे पता चला कि टीओआर के लिए उसको एक अलग फॉर्म भरना होगा जो कंपनी से मिलेगा जिस पर HOD के हस्ताक्षर लेने होंगे। इसके बाद आरव इंटर्नशिप सेल गया जहाँ उसे इंटर्नशिप की प्रक्रिया समझाई गई। इन सारी प्रक्रियाओं में वो थक तो गया था, लेकिन उसका उत्साह कम नहीं हुआ।

एक शाम उसने अपनी बहन सान्या को फोन किया और पूछा- "दीदी, हम पेड इंटरनेशनल इंटर्नशिप के लिए अप्लाई कर रहे। वीज़ा के लिए खर्चे हैं। हेल्प कर दोगी?"

इंटर्नशिप के बारे में जान कर और उसके लिए आरव का पैशन सुन कर सान्या ने कहा, "अबे ये कोई पूछने की बात है। तुम्हें जितनी भी ज़रूरत है बता दो। तुम्हारे अकाउंट में पैसे भेज देंगे। तुम्हारे सपने पूरे होते देखना मेरी जिम्मेदारी है।"

अगले दिन सान्या ने आरव के अकाउंट में पैसे भेज दिए। आगे कुछ दिनों में आरव ने मोहित और डॉ. पाठक की सलाह से अपना रेज़्यूमे और कवर लेटर तैयार किया। कवर लेटर में अपने प्रोजेक्ट्स, एकेडेमिक उपलब्धियों और पेट्रोलियम इंजीनियरिंग के प्रति अपने जुनून को हाईलाइट कर आरव ने सारे डाक्यूमेंट्स के साथ इंटर्नशिप के लिए अप्लाई कर दिया।

अब रिजल्ट का इंतज़ार था। हर आधे घंटे में मेल बॉक्स चेक करना उसकी आदत बन गयी थी। एक सुबह जब आरव लेक्चर हॉल में

था उसे एक्सॉनमोबिल से एक ईमेल मिला। उसे इंटरव्यू के लिए बुलाया गया था। उसने लेक्चर के तुरंत बाद सान्या, अपने सीनियर मोहित और प्रोफेसर्स को यह ख़बर दी। ख़बर से सब ख़ुश थे।

ये ईमेल अंतरराष्ट्रीय इंटर्नशिप की ओर एक कदम भर ही नहीं था। ये आरव की मेहनत, आत्मविश्वास और सपोर्ट सिस्टम की कहानी थी। आखिरकार उसने इंटरव्यू दिया और कुछ दिन बाद उसे एक्सॉनमोबिल में एक अंतरराष्ट्रीय पेड इंटर्नशिप का ऑफर मिल गया।

एक तरफ़ जहाँ ख़बर मिलने पर आरव ख़ुश था वही दूसरी ओर उसे माँ को ये ख़बर बताने में घबराहट हो रही थी। आरव को पहले से आभास था कि माँ उसके विदेश जाने की ख़बर से चिंतित हो जायेंगी।

आखिरकार उसने घर में फोन मिलाया।

"हैलो, माँ," आरव ने धीमी आवाज़ में कहा।

"हाँ बेटा, कैसे हो? सब ठीक है न?" माँ ने पूछा।

"हाँ माँ, सब ठीक है।"

कुछ पल की चुप्पी के बाद आरव ने कहा,

"माँ, हमको एक्सॉनमोबिल से इंटर्नशिप के लिए ऑफर मिला है। बहुत बड़ी कंपनी है और ये मौका मेरी पढ़ाई और करियर के लिए बहुत इम्पोर्टेन्ट है।"

माँ की आवाज़ में आश्चर्य और ख़ुशी का मिश्रण था, "अरे वाह! ये तो बहुत अच्छी ख़बर है। इतने दिन से तुम इसलिए खोये खोये रहते थे क्या?"

आरव ने हँसते हुए कहा, “हाँ माँ, हम सब होने के बाद बताना चाहते थे।”

माँ ने गर्व से कहा, “मेहनत ऐसा बीज है जो हमेशा फल देता है। ऐसे ही सिर ऊँचा करते रहो।”

माँ ने तुरंत आरव के पिता को बुलाया और फोन स्पीकर पर रख दिया।

“अरे आरव, क्या ख़बर है?” पिता ने उत्साह से पूछा।

आरव ने बात दोहराई। पिता का सीना भी गर्व से चौड़ा हो गया “अरे वाह। क्या ख़बर दी है। मज़ा आ गया। ख़ुश रहो बेटा।”

बातचीत के दौरान जब आरव ने इंटर्नशिप की लोकेशन माँ-पापा को बताई तो वो दोनों चिंतित हो गए। आरव ने साथ में ये भी बताया कि उसको वहाँ कंपनी की रिफाइनरी और एक्सप्लोरेशन प्रोजेक्ट्स में काम करने का मौका मिलेगा जिससे उसको प्री-प्लेसमेंट ऑफर मिलने की संभावना बढ़ जाएगी। संतान उम्र में कितनी भी बड़ी क्यों न हो जाए, एक माँ की फ़िक्र संतान के लिए एक प्रकार की ही बनी रहती है। ऐसा नहीं था कि आरव के माँ-पापा को आरव के विदेश जाने से कोई गुरेज़ था, पर उनके लिए उपलब्धि पर फ़िक्र भारी पड़ रही थी।

आरव ने उन्हें समझाया कि उसके कॉलेज के कई सीनियर्स पहले इस इंटर्नशिप के लिए विदेश जा चुके हैं। साथ ही साथ ये भी बताया कि विदेश में उसी कंपनी में उसके कॉलेज के कई सीनियर्स पढ़ाई पूरी होने के बाद काम कर रहे हैं। ये सब जान कर आखिरकार माँ-पापा भी मान गए कि आरव ने विदेश से इंटर्नशिप करने का फैसला सोच समझ कर लिया है।

बातचीत के बाद, आरव ने सान्या को फोन किया।

"दीदी, मैंने माँ-पापा को सब कुछ बता दिया। वो बहुत ख़ुश हैं और ये सब आपकी मदद के बिना पॉसिबल नहीं था। इसलिए थैंक यू दोबारा से।"

सान्या ने हँसते हुए कहा, "हमे पता था कि उन्हें ये ख़बर सुनकर बहुत खुशी होगी। बस ऐसे ही मेहनत करते रहो।"

आरव ने राहत की साँस ली। अब वो पूरी तरह से अपने इंटर्नशिप की तैयारियों पर ध्यान केंद्रित कर सकता था। उसने डायमंड हॉस्टल के सीनियर्स, प्रोफेसर्स, और अपने दोस्तों का धन्यवाद किया। उसकी मेहनत और परिवार के समर्थन ने उसे जिस मुकाम तक पहुँचाया था वो कृतज्ञ था। आरव जानता था कि यह सिर्फ़ एक शुरुआत है। अब उसका लक्ष्य इस इंटर्नशिप में ख़ुद को साबित करना और अपने सपनों को हक़ीक़त में बदलना था।

25

ओल्ड इज गोल्ड

एक दिन आरव के फोन की घंटी बजी। स्क्रीन पर अंकुर का नाम देखकर उसकी ख़ुशी और बचपन की यादें दोनों साथ निखर चेहरे की मुस्कान पर आ जाती थीं। इधर काफ़ी दिनों से अंकुर से बात भी नहीं हुई थी। आरव, अंकुर को अपनी इंटर्नशिप की ख़बर देना चाहता था।

अंकुर ने बारहवीं के बाद आईआईटी की तैयारी के लिए एक साल का ड्रॉप लिया था लेकिन परीक्षा में असफल होने के बाद उसे एक प्राइवेट इंजीनियरिंग कॉलेज में दाखिला लेना पड़ा। वहाँ भी अंकुर पढ़ाई में संघर्ष कर रहा था और लगातार बैक लग रही थी।

"साले इतने दिन से कहा गायब थे? कैसे हो?" आरव ने उत्साह से पूछा।

"मैं... ठीक हूँ। तुमसे एक बात करनी थी।" अंकुर की आवाज़ में चिंता झलक रही थी।

"क्या हुआ? सब ठीक तो है न?" आरव ने फौरन पूछा।

"यार ठीक तो नहीं चल रही चीज़ें। कुछ दिन पहले पापा की कार्डियक अरेस्ट से डेथ हो गयी।" अंकुर ने भारी आवाज़ में कहा।

ख़बर सुन आरव के हाथ अनायास मुट्ठियों में बदल गए, और साँसें कुछ तेज़ चलने लगीं। अंकुर के घर की छत और छत में रमाकांत का सिगरेट पीता चेहरा आरव के सामने घूमने लगा। जादू की बातों पर उनका टोकना याद आ गया। फिर आख़िरी मुलाक़ात याद आई और याद के साथ आँखें भर आईं।

"क्या? ये कब हुआ? और तुमने हमको बताया क्यों नहीं?" आरव गुस्से और दु:ख से भर गया।

"भाई, सब कुछ अचानक हो गया। हम माँ को संभालने में ही लगे थे।" अंकुर ने जवाब दिया।

कॉलेज में पढ़ाई ठीक न चलने की बातचीत के कुछ पल बाद अंकुर ने कहा, "आरव, हमने तुमको मदद माँगने के लिए कॉल लिया है। मेरी माँ घर की आर्थिक स्थिति से बहुत परेशान हैं। हमने सोचा है कि एक कैफे शुरू करें जिससे हमारी ज़िंदगी बेहतर हो सके। लेकिन मेरे पास पैसे नहीं हैं। क्या तुम मेरी मदद कर सकते हो?"

"कैफे? पढ़ाई नहीं करोगे इसका डिसिजन कन्फर्म है?" आरव ने पूछा।

"हाँ भाई, हमने हर चीज के बारे में सोचा है। पढ़ाई नहीं हो पाएगी यार हमसे। मन नहीं लगता है। बिज़नेस हमारी ज़िंदगी बदल सकता है।" अंकुर ने बेचारगी से भरी आवाज़ में जवाब दिया।

फोन रखने के बाद आरव सोचने लगा। उसकी आँखों के सामने स्कूल के दिन तैरने लगे जब अंकुर ने स्कूल में स्पोर्ट्स के ज़रिये अपनी

अलग पहचान बनाई थी। आज की बातचीत में अंकुर की बेचारगी वाली आवाज़ उसका दिल अभी तक पिघला रही थी। विक्रम की मदद और उसका परिणाम साथ में उसके दिमाग़ में घूम रहा था। वो जानता था कि अगर उसने अब जादुई नोट का इस्तेमाल किया और पुलिस को पता चला तो उसकी अंतरराष्ट्रीय इंटर्नशिप और करियर खतरे में पड़ सकते हैं।

आरव ने तय किया कि वो सीधे अंकुर से मिलकर बात करेगा। वो सप्ताहांत पर इलाहाबाद गया। अंकुर के घर जा उससे और उसकी माँ से मिलने और उनका संघर्ष देखकर आरव विचलित हो गया। अंकुर का 4 कमरों वाला घर और वो छत बिक चुके थे। बोलते हैं कि कोई चीज़ गुम जाती है तो उसको पुरानी जगह पर ढूँढना चाहिए। पर अब वो जगह भी नहीं थी। आरव को पुराना अंकुर अब और नहीं मिल रहा था। किराए के दो कमरों वाले घर में अंकुर अपनी माँ और दादी के साथ रहता था। दादी की तबियत नाज़ुक थी।

"भाई, तुमने पहले क्यों नहीं बताया कि तुम इतनी बड़ी परेशानी में हो?" आरव ने घर के जो हालात देखे उनके बारे में सोचते हुए अंकुर से पूछा।

"भाई, हम नहीं चाहते थे कि तुम परेशान हो। हमको लगा हम ख़ुद संभाल लेंगे" अंकुर ने सिर झुकाते हुए कहा।

इन बातों के बीच वो दोनों अंकुर के घर के पास वाली गली से गुज़र रहे थे। अंकुर एकदम से एक टपरी पर रुक गया। आरव अपनी धुन में कहीं खोया हुआ था। पर थोड़ी देर में उसके मुँह को एक धुँए का छल्ला पार कर गया। अंकुर के हाथ में सिगरेट थी। आरव की आँखों के सामने रमाकांत की स्मृतियाँ आ गयीं। कई साल पहले छत पर बोले गए उनके

वाक्य याद आ गए- "अगर तुम ईमानदार हो, तो तुम हारोगे... जैसे हम हारे।"

अपने जीवन में फिट करके सोचा तो मन में आया कि ईमानदारी वाली बात तो ठीक कही गई थी। सामने अंकुर को सिगरेट पीता देख टोकने की कोशिश भी नहीं की।

"हम दोस्त हैं भाई। वैसे ये कैफ़े वाला डिसिजन बड़ा नहीं है? पैसे डूब गए तो?" आरव ने गंभीरता से पूछा।

"भाई, हम भी दस बार सोच चुके हैं। लेकिन मेरे पास और कोई ऑप्शन नहीं है। ये मौका है जिसे हम छोड़ना नहीं चाह रहे।" अंकुर ने दृढ़ता से कहा।

इसके बाद दोनों अपने अपने घर के लिए निकल गए। जादुई नोट का इस्तेमाल किये बिना अंकुर की मदद के लिए दूसरा विकल्प सिर्फ़ सान्या थी। आरव ने सान्या को कॉल किया। पूरी बात जानने के बाद सान्या ने भी अंकुर के लिए दुःख प्रकट किया। सान्या ने अंकुर को हमेशा छोटे भाई की तरह ही देखा था। उसने बिना ज़्यादा सोचे अंकुर को पैसे देने के लिए हामी भर दी। उसी शाम को आरव और अंकुर दोबारा मिले।

आरव ने अंकुर को बताया, "भाई दीदी से बात हुई तुम्हारे लिए। उसने तुमको स्ट्रांग रहने को बोला है। और पैसे वो दे देंगी। उसने बोला है कि पैसे का इस्तेमाल तुम सोच समझ कर करो।"

अंकुर की आँखों में आँसू आ गए।

"दीदी को थैंक यू बोलना भाई। और हम वादा करते हैं पैसे का इस्तेमाल सही से करेंगे।"

इलाहाबाद से लौटते वक़्त आरव को पुराना अंकुर आधा मिल चुका था। फिर कुछ महीनों की मेहनत के बाद इलाहाबाद के एक अच्छे इलाके, सिविल लाइन्स में अंकुर का छोटा सा कैफे खुला। उद्घाटन में नताशा और आरव दोनों आए। अंकुर की माँ की आँखों में गर्व और आँसू एक साथ थे। उद्घाटन के बाद आरव और सान्या से मिलने अंकुर आया तो उसने सबसे पहले सान्या के पैर छुए और हाथ जोड़ कर बोला- "दीदी आपकी मदद और आरव की दोस्ती के बिना हम ये सब नहीं कर पाते।"

सान्या थोड़ी भावुक हो गयी। उसने अंकुर के सर पर हाथ रखा और बोला-

"खूब ख़ुश रहो और खूब तरक्की करो।"

आरव और अंकुर को अपने सामने बड़ा होता देखा था। पैर छू कर उसने सान्या को बड़ा बनाने के साथ-साथ ख़ुद को भी बड़ा साबित कर दिया।

26

Acct XX543 debited

आरव का छ: महीने लंबा इंतज़ार आखिरकार खत्म हुआ। छठवें सेमेस्टर में मिली इंटर्नशिप के लिए उसे ह्यूस्टन, टेक्सास, जाना था। ये उसकी पहली अंतरराष्ट्रीय यात्रा थी। हवाई अड्डे पर माँ और सान्या उसे विदा करने आए थे। आरव को घबराया देख सान्या ने शरारती अंदाज़ में कहा, "खो वो मत जाना वहाँ।"

फिर थोड़ा सीरियस हो कर बोली-"अच्छा सुनो कोई परेशानी हो, तो तुरंत फोन करना।"

इस बात पर आरव ने आत्मविश्वास भरी मुस्कान तो दी पर इस मुस्कान में छुपी घबराहट थी जो माँ और बहन दोनों को साफ़ दिखाई दे रही थी। ये उसकी पहली विदेश यात्रा थी, वो भी US। बोर्डिंग करते वक़्त ढेरों ख़याल दिमाग़ में आ रहे थे। और उन सारे ख्यालों में विराम लगाता एक वाक्य था- एक सोच क्या से क्या बन जाती है। 15 घंटे की लंबी उड़ान के बाद वो जॉर्ज बुश इंटरकांटिनेंटल एयरपोर्ट, ह्यूस्टन पहुँच गया।

एयरपोर्ट पर इमिग्रेशन फॉर्मेलिटीज को पार कर बाहर निकलते ही टेक्सास ने उसका स्वागत गर्म हवा और बड़ी सड़कों से किया। एक्सॉनमोबिल ने उसे रहने के लिए पास के एक अपार्टमेंट में जगह दी थी। कंपनी की कार उसे लेने आई थी। पहले दिन, आरव ने अपने अपार्टमेंट में ही समय बिताया। उसने सान्या, अपने माँ-पापा और नताशा को वीडियो कॉल किया।

अगली सुबह, आरव ने एक्सॉनमोबिल में अपना पहला दिन शुरू किया। ह्यूस्टन का ये ऑफ़िस विशाल था। वहाँ सबसे पहले आरव की मुलाक़ात उसकी मेंटर एमिली कार्टर से हुई जिसने उसे ऑफ़िस का दौरा करवाया और विभिन्न विभागों से परिचय कराया। एमिली को इस ऑफ़िस में और कंपनी ज्वाइन किये 8 साल हो चुके थे। वो एक अच्छे मेंटर के नाते आरव को कम्फ़र्टेबल करने में और कंपनी कल्चर के बारे में समझाने पर ज़्यादा ज़ोर दे रही थी।

आरव का पहला दिन अच्छा बीता। उसके लिए हर एक चीज़ नयी थी। कॉलेज के बाहर कॉर्पोरेट दुनिया में उसका ये पहला कदम था। अगले 4-5 दिनों में ऑफ़िस में आरव की दोस्ती जेक नाम के एक अमेरिकी सहकर्मी और मिया नाम की एक मैक्सिकन सहयोगी से हुई। जेक उसे ह्यूस्टन की नाइटलाइफ़ और घूमने लायक जगहों के बारे में बताता था और मिया उसे स्थानीय त्योहारों और संस्कृति से परिचित कराती थी।

कुछ दिन बीतने के बाद ऑफ़िस में एक दिन लंच के दौरान जेक ने आरव से पूछा, “तो आरव तुमने ह्यूस्टन में अब तक क्या-क्या देख लिया?”

आरव ने मुस्कुराते हुए जवाब दिया कि वो बस ऑफ़िस और अपार्टमेंट के बीच की सड़कों को ही देख पाया है। ये जान जेक ने मज़ाक़ करते हुए कहा, "बहुत बोरिंग किस्म के इंसान लगते हो।" और फिर उसने वीकेंड में आरव को घुमाने का प्रस्ताव दिया गया। आरव को घूमने के लिए साथ चाहिए था इसलिए प्रस्ताव को तहेदिल से मंज़ूर कर लिया गया। प्लान बना और अगले वीकेंड जेक और आरव का एक स्थानीय कैफे में मिलना हुआ जहाँ से दोनों शहर घूमने निकल पड़े। जेक ने उसे डाउनटाउन ह्यूस्टन की सड़कें, नासा स्पेस सेंटर, और स्थानीय कला संग्रहालय जैसी जगहें दिखाईं। फिर उन्होंने एक प्रसिद्ध BBQ रेस्तरां में खाना खाया।

इसके बाद जेक आरव को शहर के बाहरी इलाके में स्थित एक एनजीओ में लेकर गया, जिसका नाम था "ब्राइटर फ्यूचर"। ये एनजीओ उन बच्चों के लिए काम करता था जो कम आय वाले परिवारों से आते थे। जेक हर महीने वहाँ वॉलंटियर करता था।

अंदर घुसते ही दृश्य बिल्कुल धनबाद के उस कमरे-सा लगा जहाँ कर्तव्य की टीम, NGO चलाती थी। छोटे-छोटे बच्चे उत्साह से अपनी कला और क्राफ्ट प्रजेक्ट्स पर काम कर रहे थे। कुछ बच्चे पढ़ाई कर रहे थे, तो कुछ गाना गा रहे थे। एक कोने में एक वॉलंटियर बच्चों को गणित पढ़ा रहा था।

जेक ने आरव को डूबा देखते हुए पूछा- "क्या हुआ? कहाँ खो गए?"

आरव ने एक हल्की मुस्कान के साथ सब ठीक होने का इशारा कर दिया।

“ये बच्चे बहुत मेहनती हैं, लेकिन इनके पास संसाधनों की भारी कमी है। मैं जब भी यहाँ आता हूँ, तो कुछ न कुछ मदद करने की कोशिश करता हूँ।”

जेक की बात सुनने के साथ-साथ आरव गाते हुए बच्चों के साथ ख़ुद भी गुनगुना रहा था। सभी बच्चों की आँखों में सपने थे लेकिन उनके पास उन्हें पूरा करने के साधन नहीं थे। आरव ने एक बच्चे से उसका ड्रीम पूछा तो जवाब मिला, “मैं बड़ा होकर इंजीनियर बनना चाहता हूँ लेकिन मम्मी कहती हैं कि हमारे पास कॉलेज भेजने के पैसे नहीं हैं।”

उसकी मासूमियत और संघर्ष ने आरव के संवेदनशील मन को छू लिया। गरीबी की शक्ल और ज़ुबान किसी भी दुनिया में एक समान होते हैं।

जब जेक और आरव एनजीओ से बाहर निकले, तो जेक ने बताया कि जिस बच्चे ने उससे इंजीनियर बनने की बात की उसके छोटे भाई, एडवर्ड को स्पाइनल मस्कुलर एट्रॉफी नाम की बीमारी है। उसकी मांसपेशियां लगातार कमज़ोर होते-होते इस स्तर पर पहुँच चुकी थीं जिसकी वजह से उसको चलने, साँस लेने और खाना चबाने तक में परेशानी रहती थी।

आरव वहाँ से वापस आने के बाद कई दिन तक जेक से एडवर्ड की तबियत के बारे में पूछता रहता था। बातों-बातों में पता चला कि ज़ोलजेंसमा एक ऐसा इलाज़ है जो इस बीमारी की जड़-डिफेक्टिव जीन को बदल सकता है। ऑफ़िस के बाद घर पहुँच आरव ने इस बीमारी के बारे में और रिसर्च करना शुरू किया। इलाज़ के सिंगल डोज़ की कीमत जानने पर आरव के होश उड़ गए- 2 मिलियन डॉलर। डॉलर को रूपए में कन्वर्ट करने पर जो राशि आई वो लगभग 15 करोड़ थी। आरव के

दिमाग़ में सबसे पहले एक सवाल आया कि एक जान की कीमत 15 करोड़ होती है क्या? ऐसे मौकों पर अक्सर इंसान भगवन को लेकर प्रश्न करता है। आरव तो अभी युवावस्था की शुरुआत में ही था जिसमें ऐसे सवाल आने स्वाभाविक थे। जब असलियत से पाला पड़ता है तो कई भरोसे टूट जाते हैं।

दूध का जला छाछ भी फूँक कर पीता है। काफ़ी वक़्त इस कहावत पर अमल करने के बाद आज आरव का मन विचलित हो रहा था। ग़लत और सही को लेकर मन में कई सवाल उठ रहे थे। ख़ुद के ऊपर क्रोध भी आ रहा था। क्रोध इस बात का कि अगर ग़लत चीज़ के लिए एक दोस्त को सहयोग न दिया होता तो इतनी कहानी बनती ही नहीं। आज जब नोट के जादू की ज़रूरत सबसे ज़्यादा थी तो परिणाम के बारे में सोचकर आरव के इरादे डगमगा रहे थे।

कुछ दिन बाद आरव को जेक से पता चला कि एडवर्ड की तबियत नाज़ुक है। आरव ने जेक से एडवर्ड से मुलाक़ात तय करने की दरख़्वास्त की और ऑफ़िस के बाद दोनों शाम को उस हॉस्पिटल पहुँच गए जहाँ एडवर्ड भर्ती था। बाहर वो बच्चा भी मिला जो उस दिन एनजीओ में मिला था। साथ में सुधबुध खोई माँ भी थी। वो हार मान चुकी थी। उसके आँसू सूख चुके थे।

फैसला लेने की घड़ी थी। आरव ने निर्णय लिया कि वो नोट का इस्तेमाल करेगा। सोच विचार कर एक ही चीज़ साफ़ समझ आ रही थी- इतने बड़ी राशि के लिए ट्रांसेक्शन ऑनलाइन होना चाहिए। नोट से ऑनलाइन ट्रांसफ़र कैसे होगा ये सोचते हुए 2-4 रातें बिताईं पर कुछ समझ नहीं आया।

फिर एक रात ऑफ़िस से लौटने के बाद आरव ने कार्ड को पर्स से निकाल कर अपने पर्स के पास रखा था। पर्स से झाँकते नोट और अपने कार्ड को देख आरव जादू की सीमा के बारे में सोच रहा था। सोच रहा था कि आखिर ट्रांसेक्शन होगा तो कैसे होगा कि तभी उसके रूम की लाइट अपने आप बंद हो गयी। बेड के बगल में लगे स्विच को दो तीन बार ऊपर नीचे करने के बाद उसने पर्दा खोलकर आस पास देखा तो स्ट्रीट लाइट जल रही थी। बाकि घरों में भी बिजली आ रही थी। पर्दा डाल वो जैसे ही मुड़ा तो कदम जैसे पड़े वहीं रुक गए।

उसे पर्स के अंदर पड़े नोट की हरी चमक अपने कार्ड में चढ़ती दिखाई पड़ी। अँधेरे रूम में ये नज़ारा क़रीब 10 सेकंड का होगा जिसके बाद रूम की लाइट अपने आप वापस जल गयी। लाइट आने के साथ ही साथ आरव के फ़ोन स्क्रीन पर एक मैसेज आया। आरव ने बेड से फ़ोन बहुत डरते हुए उठाया। स्क्रीन पर आँखें आए हुए मैसेज के नोटिफिकेशन पर गईं तो आँखें फटी की फटी रह गईं। मैसेज था “PNB Acct XX543 debited for 20,00,000 USD ; BRIGHTER FUTURE credited। ठीक उतनी राशि जितनी मार्क के ऑपरेशन में ज़रूरी थी।

27

बम्पी रिटर्न

ह्यूस्टन में अपनी इंटर्नशिप के अंतिम दिन, आरव के मन में घर लौटने की उत्सुकता थी। उसने अपनी जिम्मेदारियों को पूरे दिल से निभाया था। सुबह के 8 बजे थे। आरव की फ्लाइट दोपहर 2 बजे थी। वो अपना बैग पैक कर चुका था और एयरपोर्ट जाने की तैयारी कर रहा था कि तभी उसके फोन की घंटी बजी। कॉल रिसीव करने पर दूसरी तरफ़ से आवाज़ आई- “मि. दुबे, यह यूएसए बैंक से कॉल है। ब्राइटर फ्यूचर्स नाम के NGO में क्या आपने कोई राशि ट्रांसफ़र की है?”

आरव शीशे के सामने खड़ा था। इस सवाल से उसको अपना मुँह सफ़ेद पड़ता दिखाई दिया। डर के मारे कुछ सेकंड में ही उसका गला सूख गया। आँख बंद हुई और खुलते ही आरव के सामने उसको शीशे में दो आरव दिखाई देने लगे। एक प्रतिबिम्ब उसका था और दूसरा? डर से आरव के हाथ से फ़ोन छूट गया। शीशे से आवाज़ आई- “आरव बोल दो कि तुमने कोई ट्रांजेक्शन नहीं किया है।”

शीशे से आती हुई आवाज़ ने उसको और डरा दिया। वो फ़ोन उठाने नीचे झुका और जैसे ही फ़ोन उठा कर हल्का पीछे की ओर गिरते हुए शीशे की तरफ़ देखा तो वहाँ अब सिर्फ़ प्रतिबिम्ब था।

मैजिकल नोट

फ़ोन से लगातार आवाज़ आ रही थी- "हेलो सर! हेलो ! हेलो! सर !"

आरव का दिल तेज़ी से धड़क रहा था, उसने कांपते हाथों से जवाब दिया- "हमने कोई ट्रांजेक्शन नहीं किया।"

इतना कहते हुए आरव ने कॉल डिसकनेक्ट कर दी।

कुछ ही मिनटों बाद, पुलिस भी इस मामले में शामिल हो गई। ह्यूस्टन पुलिस ने आरव को फोन कर पुलिस स्टेशन बुलाया। फ़ोन रखने के बाद आरव के मन में आ रहा था कि वो धरती खोद के वहीं समा जाए। एक ही किस्सा दो अलग-अलग देशों में, एक ही चीज़ की वजह से घटित हो रहा था। आरव को PPO से ज़्यादा परिवार की बदनामी का डर सता रहा था।

सुबह 9:30 बजे, वो पुलिस स्टेशन पहुँचा। आरव घबराया हुआ था लेकिन ख़ुद को शांत रखने की कोशिश कर रहा था।

"हमें आपकी बैंक स्टेटमेंट चाहिए" पुलिस अधिकारी ने कहा।

"सर हम बता तो रहे कि मेरे अकाउंट से कोई ट्रांजेक्शन नहीं हुई है।"

आरव रास्ते में अपना बैंक स्टेटमेंट चेक कर चुका था। उसके बैंक स्टेटमेंट में कोई भी ट्रांसक्शन ब्राइटर फ्यूचर के नाम पर नहीं हुई थी। आरव के मन में इस बात के ताज्जुब के साथ-साथ एक बड़ा सवाल भी था। जब बैंक स्टेटमेंट में कोई ट्रांजेक्शन था ही नहीं फिर बैंक और पुलिस उससे तफ़तीश कर क्यों रहे थे। आरव ने अपना स्टेटमेंट दिखा कर पुलिस को समझने का प्रयास किया पर पुलिस मानने को राज़ी नहीं थी।

लगभग डेढ़ घंटे की पूछताछ के बाद, 11 बजे पुलिस ने उसे जाने

की इजाजत दे दी।

"आपकी फ्लाइट का समय नज़दीक है। हम नहीं चाहते कि आपकी फ्लाइट छूट जाए।" अधिकारी ने आरव को जाने का इशारा करते हुए कहा।

उसकी मुस्कराहट से साफ़ समझ आ रहा था कि वो आरव के जवाबों से संतुष्ट नहीं था। पुलिस स्टेशन से निकलते ही आरव ने कैब ली और एयरपोर्ट के लिए रवाना हो गया। उसे पता था कि उसे एयरपोर्ट पर समय से पहुँचने के लिए तेज़ी करनी होगी। रास्ते में उसका मन अशांत था–"यह सब मेरे साथ ही क्यों होता है?"

पूरी घटना और अपनी इंटर्नशिप के बारे में सोचते-सोचते कब एयरपोर्ट आ गया पता ही नहीं चला। दोपहर के 12 बज रहे थे। चेक-इन और इमिग्रेशन प्रक्रिया पूरी करते-करते 1:15 बज गए। बोर्डिंग में केवल 30 मिनट बचे थे। आरव तेजी से अपने बोर्डिंग गेट की ओर बढ़ा और अंततः अपनी सीट पर बैठते ही एक गहरी साँस ली।

उसने सान्या और नताशा को मैसेज किया, "सब ठीक है। बोर्डिंग हो गई, बात करते हैं लैंड करने के बाद।"

अक्सर बोला जाता है कि सफ़र मंज़िल से ज़्यादा मज़ेदार होता है। पर आरव के लिए ये सफ़र घुटन जैसा था। शीशे में दिखती दूसरी परछाई कौन थी? जब बैंक स्टेटमेंट में कोई ट्रांजेक्शन नहीं था तो उसका सुराग कैसे मिला ?

लंबी फ्लाइट के बाद आरव ने दिल्ली एयरपोर्ट पर कदम रखा। रात के क़रीब 9 बजे थे। जैसे ही वो बाहर निकला, उसने देखा कि सान्या और सत्यम उसके इंतज़ार में खड़े थे। सान्या ने दौड़कर आरव को गले

लगा लिया।

"इतने पतले हो गए हो! अमेरिका का खाना पसंद नहीं आया क्या?" सान्या ने मज़ाक़ में पूछा।

सत्यम ने हँसते हुए जोड़ा, "लगता है, हमारे इंजीनियर साहब ने काम के चक्कर में खाना-पीना बिल्कुल छोड़ दिया था।"

आरव ने मुस्कुराते हुए कहा, "नहीं भैया, वहाँ का खाना थोड़ा अजीब था। लेकिन मज़ा आया।"

सत्यम ने पहले ही रात के खाने का इंतज़ाम कर रखा था।

"चलो, सीधे घर नहीं जायेंगे। मैंने पास के एक रेस्त्रां में टेबल बुक करवा रखी है। आज का डिनर मेरी तरफ़ से।"

रेस्त्रां पहुँचते ही भारतीय मसालों की ख़ुशबू और माहौल ने जैसे आरव को सुकून की चादर ओढ़ा दी। सत्यम ने आरव का पसंदीदा भोजन ऑर्डर किया– पनीर बटर मसाला और बटर नान।

खाने के दौरान, आरव को सान्या और सत्यम के बीच एक अलग रिश्ता नज़र आ रहा था। सत्यम हर छोटी-बड़ी बात पर सान्या का ध्यान रख रहा था। उनकी हँसी-मज़ाक़ और आपसी समझ ने आरव का ध्यान खींचने में देर नहीं की।

आरव ने सान्या से धीरे से कहा, "यार तुम दोनों कपल की तरह बिहेव कर रहे बिल्कुल।"

कुछ देर बाद सान्या ने उतने ही धीरे से जवाब दिया-

"अगले महीने हमारी सगाई होने वाली है। तुम्हारे वापस आने पर

सबसे पहले यही ख़ुशखबरी देनी थी।"

आरव की आँखों में खुशी चमक उठी। "क्या? मान गए माँ-पापा? सत्यम के भी?"

सत्यम ने मुस्कुराते हुए कहा, "हाँ भाई! सगाई की तैयारी में मदद करोगे न?"

डिनर खत्म होने के बाद गाड़ी में बैठते ही सान्या ने पूछा, "तो बताओ, अमेरिका में सबसे अच्छी मेमोरी कौन-सी थी?"

आरव ने सोचा और जवाब दिया "हम पहले दिन ऑफ़िस गए और फिर हर एक दिन अपने सपनों को हक़ीक़त में बदलते देखा।"

सान्या ने प्यार से उसके कंधे पर हाथ रखा और कहा, "आई ऐम प्राउड। इतनी मुसीबतों के बीच मेहनत करके इंटरनेशनल इंटर्नशिप पाना। देखा सत्यम हम कहते हैं न कि हमारा भाई तोप है।"

जब इंसान और इंसान के सपनों के बीच काश नहीं होते तो अक्सर किस्मत को नतमस्तक हो हक़ीक़त में तब्दील होना ही पड़ता है। गिरना, गिर कर संभलना, फिर संभल कर गिरना आरव को माँ ने सिखाया था। और आज सान्या के रेंट वाले फ्लैट में माँ ने आरव का स्वागत आरती से किया। आरव का स्वागत करने माँ दिल्ली आई थी।

28

समाचार

अमेरिका में अपने अनुभवों से सराबोर और सान्या-सत्यम की सगाई की ख़ुशखबरी के साथ आरव कॉलेज कैंपस लौट चुका था। अमेरिका में 20,00,000 USD की एडवर्ड की मदद के बाद की जाँच से अभी भी वो भीतर ही भीतर चिंतित था। इंटरनेशनल इंटर्नशिप की तैयारी शुरू करने से पहले उसने ठाना था कि वो आगे किसी ऐसी मुश्किल में नहीं पड़ेगा। पर इंटर्नशिप ख़त्म होने के बाद अब जीवन में दूसरी पुलिस स्टेशन याला भी दर्ज हो चुकी थी। इस बार तो विदेश की पुलिस स्टेशन याला थी। पिछली रात बिस्तर पर लेट अगले दिन का ठाना हुआ, जब मुकम्मल नहीं होता तो एक सपने की हार होती है। इंसान के बुने हुए जाने कितने सपने ऐसे हारते और दोबारा जागते हैं।

कैंपस लौटने के अगले ही दिन, आरव को महसूस हुआ कि कुछ बदला-बदला है। दोस्तों के बीच बातचीत सामान्य थी, लेकिन कॉलेज प्रशासन और सुरक्षा कर्मियों की नजरें उस पर ज्यादा टिकी हुई थीं। अकैडमिक बिल्डिंग में जाते समय आरव ने देखा कि सिक्योरिटी इंचार्ज उसे दूर से घूर रहे थे।

क्लास ख़त्म होने के बाद, जब आरव अपने कमरे में वापस जा रहा था, तो छात्र सलाहकार ने उसे बुलाया।

"आरव, प्रशासन ने तुम्हारे हालिया अमेरिका यात्रा में एनजीओ को दान की जाँच शुरू की है। पुलिस भी इसमें शामिल है। तुम्हें अपना पक्ष रखने के लिए तैयार रहना होगा।"

अगले दिन, आरव को पहले कॉलेज प्रशासन और फिर स्थानीय पुलिस अधिकारियों के सामने पेश होने के लिए बुलाया गया। इंस्पेक्टर चौधरी ने सीधे सवाल दागे: "तुमने 20,00,000 अमेरिकी डॉलर एनजीओ को कैसे भेजे? हम यहाँ 15 करोड़ की बात कर रहे हैं मंडल! मतलब लड़के के पास कौन-सा जिन है अब तो हमको भी जानना है।"

आरव ने ठंडे दिमाग़ से जवाब दिया, "सर हम एक करोड़ के पैकेज की बात औकात के बाहर समझते हैं। इंटर्नशिप मिलने के बाद जॉब मिली भी तो भी चालीस-पचास लाख की मिले शायद। 15 करोड़ हम किसी एनजीओ को दे सकते, तो पढ़ाई क्यों कर रहे होते?"

मंडल ने उसकी बात को नोट किया और सोचते हुए चौधरी से बोला- "सर वैसे बात तो सही बोल रहा है।"

चौधरी ने सामने पड़ी पुलिस बेंत को टेबल पर बजाते हुए बोला- "इसी वजह से तो तुम पिछले 20 साल से सब इंस्पेक्टर हो मंडल। तुम्हारे सामने ज्वाइन किये और अब तुमसे सीनियर हैं हम। इस लेवल की धाँधली पकड़ना कोई ऐरे गैरे नत्थू खैरे का काम नहीं।"

फिर मूछों पर ताव देते हुए आरव की आँखों में झांकते हुए सवाल किया- "सच बताओ गुरु। इंटरनेशनल लेवल पर खेल रहे हो। पीछे कौन माफिया है। हमसे भी मिलवाओ ज़रा।"

आरव ने जवाब दिया- “सर हम जहाँ से आते हैं वहाँ माफिया क्या पान गुमटी वाले से दोस्ती करने पर कुटाई हो जाती है।”

चौधरी को आरव पर शक ख़त्म होने का नाम नहीं ले रहा था। पर फिर मंडल ने उसको कान में कुछ बोला और चौधरी ने आरव को कॉलेज जाने का इशारा कर दिया। कभी कभार चुप्पी भी सुई सी चुभ जाती है। आरव चुपचाप स्टेशन से निकल गया।

पुलिस स्टेशन से लौटने के बाद आरव हॉस्टल के अपने रूम में लेट पंखे की ओर टकटकी लगाए देख रहा था। मन में चल रहा चक्रवात उसको खाए जा रहा था। इतने में आरव के पास सान्या की कॉल आ गयी।

“अबे पता है आज सत्यम ने हमको बहुत गज़ब सरप्राइज दिया। एक फ्लैट देख कर आया है। क्या ही मस्त है यार, दो करोड़ का फ्लैट। हमने बोल दिया कि ईएमआई आधी-आधी देंगे।”

आरव अभी भी पंखे की तरफ़ देख रहा था। उसने बात सुनी ही नहीं।

आरव के मन में चल रहे चक्रवात की तीव्रता उसकी चुप्पी से झलक गयी। सान्या ने आरव से पूछा-“आरव सब ठीक है न?”

आरव ने जवाब दिया-

“हाँ-हाँ सब ठीक।”

“घंटा ठीक। बोलो क्या हुआ है।”

बहन पहली दोस्त और दूसरी माँ होती है। आरव के मन ने दिमाग़ का हाथ झाड़ते हुए जवाब दिया-

"फिर वही सब हो गया।"

आरव ने अमेरिका की पूरी कहानी सान्या को एक सास में बता डाली।

"आज फिर से पुलिस स्टेशन बुलाया था। कोई नौकरी नहीं मिलेगी हमको। सब ख़राब हो जाएगा।"

सान्या बात करते-करते हॉस्पिटल के बाहर निकल आई थी। अंदर का गुस्सा चीख कर निकला-

"गधे हो तुम आरव। बहुत बड़े वाले गधे!"

आस पास चल रहे लोगों ने सान्या को चिल्लाते हुए सुना तो वो भी एक बार को ठहरकर उसे घूरने लगे। सान्या का गुस्सा सर पर चढ़ा हुआ था-

"तुमको सच में पुलिस को पकड़ लेना चाहिए। बीस लाख अमेरिकी डॉलर! भगवान! बीस लाख! क़रीब 15 करोड़। होश नहीं उड़ गए तुम्हारे ये सोचने पर भी की ये कितना होता है। और वो नोट।" सान्या की आवाज़ में अब गुस्से के साथ-साथ गहरी निराशा भी थी।

"तुम जानते हो मम्मी-पापा को अगर ये सब पता चला तो उनका क्या हश्र होगा। पापा को बी.पी और शुगर निकला था जब टेस्ट करवाया था पिछले महीने। पर आपको इन सबसे क्या? तुम्हारा पूरा फ्यूचर दाँव पर लग गया है। हमारी बात सुननी ही नहीं है इनको।"

गुस्से से तमतमाई सान्या ने कॉल डिसकनेक्ट कर दी।

पुलिस की पूछताछ के बाद आरव को कॉलेज प्रशासन से औपचारिक चेतावनी भी मिल गयी। उसके ख़िलाफ़ कोई और सबूत

मिलने पर उसका नामांकन रद्द करने की चेतावनी। आरव के कॉलेज रिकॉर्ड में सान्या का नंबर दर्ज था। कॉलेज प्रशासन की तरफ़ से सान्या को भी पूरा समाचार दे दिया गया। इस पूरी घटना ने आरव को झकझोर दिया। वो शर्मिंदा था पर साथ ही साथ जानता था कि उसने हमेशा सही काम करने की कोशिश की है। वो अपने परिवार, नताशा और अपने इरादों के प्रति ईमानदार था।

अमेरिका में एनजीओ को 20,00,000 USD की मदद का मामला अब तक प्रशासन और पुलिस के बीच ही सीमित था। लेकिन अचानक इस मामले ने एक नई दिशा ले ली। कॉलेज के ही किसी छात्र ने ये ख़बर मीडिया को लीक कर दी।

एक प्रमुख समाचार चैनल ने इस ख़बर को "स्टूडेंट मसीहा या मनी लॉन्डरर?" शीर्षक के साथ दिखाना शुरू किया। रिपोर्ट में उल्टे सीधे वीडियो से दिखाया गया कि कैसे आरव ने अमेरिका में एक एनजीओ को बड़ी राशि दान की। इसके साथ ही, चैनल ने सवाल उठाए:

"क्या ये पैसा आरव का अपना था? अगर हाँ, तो एक साधारण छात्र के पास इतना पैसा कहाँ से आया?"

"भारत में हजारों एनजीओ हैं जिन्हें मदद की ज़रूरत है, फिर आरव ने अमेरिका में मदद क्यों की?"

धीरे-धीरे, यह ख़बर हर जगह फैल गई। सोशल मीडिया पर लोगों ने इसे जमकर शेयर करना शुरू कर दिया। किसी ने आरव को "नायक" कहा, तो किसी ने "संदिग्ध"।

ख़बर जब टीवी और अखबारों के जरिए आरव के घर पहुँची, तो उसके माता-पिता स्तब्ध रह गए।

घर की घंटी बजी। आरव के पापा ने दरवाज़ा खोला तो सत्यम की माँ परेशान खड़ी थीं।

"भाई साहब ये सब क्या दिखा रहे न्यूज़ में। इतना पैसा कैसे आया आरव के पास?"

आरव के पापा तमतमाते हुए स्कूटर की चाभी लिए सीढ़ी से नीचे उतरते हुए बोले-

"सब बकवास दिखा रहे ये न्यूज़ चैनल वाले। हमारा बेटा विदेश से इंटर्नशिप करके आया है। अभी बताता हूँ सालों को। बदनाम कर रहे हमारे बेटे को।"

इतना कहते हुए वो घर का दरवाज़ा खोल बाहर निकल गए।

आरव की माँ ने दौड़कर छत से नीचे झाँकते हुए पूछा- "पर जा कहाँ रहे हैं?"

"मिश्रा जर्नलिस्ट के पास जा रहे। पकड़ते हैं उसको।"

इतना कहते हुए स्कूटर दूसरी गली में मुड़ गया। कॉलेज कैंपस में भी ये मामला चर्चा का विषय बन गया। मीडिया की एक टीम आईएसएम धनबाद के गेट पर पहुँच गई। पत्रकारों ने छात्रों और प्रोफेसरों से सवाल पूछना शुरू कर दिया:

"क्या आप जानते हैं कि आरव किस तरह से पैसे की मदद करता है?"

"क्या ये दान असली था, या इसके पीछे कोई गड़बड़ी है?"

यह सब देखकर कॉलेज प्रशासन ने एक आपातकालीन बैठक बुलाई। कॉलेज के प्रबंधन ने इस मामले में किसी भी मीडिया से बात करने से इनकार कर दिया।

29

स्वादानुसार

सुख और दुःख जीवन में हमेशा स्वाद अनुसार और मन चाहे समय मिले, ऐसा किसी मनुष्य के साथ ना आज तक हुआ है और न होगा। दुनिया में ख़ुश रहने वालों में उन लोगों की मात्रा ज़्यादा है जिनके पास कोई लक्ष्य है। आरव के पास एक लक्ष्य था। एक दिन जब वो लाइब्रेरी में बैठा अपने नोट्स तैयार कर रहा था तो उसके फोन पर एक ईमेल आया। यह ईमेल उस कंपनी से था, जहाँ उसने अमेरिका में इंटर्नशिप की थी। ईमेल में जो लिखा था उसके स्वाद अनुसार था- "हम आपके प्रदर्शन से प्रभावित हुए हैं और आपको प्री-प्लेसमेंट ऑफर देने में खुशी हो रही है।"

ईमेल पढ़ते ही आरव की आँखों में ख़ुशी के आँसू आ गए। लैपटॉप को पीछे कर वो दोनों हाथों को टेबल पर फैला अपना मुँह उनके बीच छुपा कर खूब रोया। 21 साल के युवा ने क्या कुछ नहीं देख लिया था पिछले 3 सालों में। हर आँसू एक अनुभव का था। उसे लगा कि उसके कठिन परिश्रम ने आखिरकार रंग दिखाया है। उसने तुरंत यह ख़बर सान्या और अपने माता-पिता को दी।

आरव इस सफलता से ख़ुश था लेकिन मुसीबतें खत्म होने का नाम नहीं ले रही थीं। एक शाम, जब वो हॉस्टल के पास टहल रहा था तो विक्रम ने उसे रोक लिया। विक्रम का चेहरा गंभीर था और उसकी आँखों में एक अजीब-सी चमक थी।

"आरव, मुझे तुमसे कुछ बात करनी है।" विक्रम ने कहा।

आरव उससे बात नहीं करना चाहता था। वो विक्रम से आँखें हटाकर, आगे की तरफ़ बढ़ गया।

विक्रम ने सीधा मुद्दा उठाया, "मुझे पता है कि तुम्हारे पास पैसे कैसे आते हैं।"

यह सुनते ही आरव के पैरों तले जमीन खिसक गई। वो ठहर गया। उसे विश्वास नहीं हुआ कि विक्रम को उसके नोट के बारे में पता था। उसने ख़ुद को संभालते हुए पूछा, "क्या पता है?"

विक्रम ने हँसते हुए कहा, "तुम्हें याद है जब मैंने तुम्हारे कमरे में कुछ वक़्त बिताया था? मैंने तुम्हारे रूम में हिडन कैमरा लगा दिया था। अपने दो लाख का इंतेज़ाम होते हुए मैंने अपनी आँखों से देखा है। पहले तो मुझे यकीन नहीं हुआ लेकिन फिर बात समझ आई कि कैसे तुम हॉस्टल में मसीहा बने हुए हो।"

विक्रम ने अपने इरादे साफ़ किए, "मुझे और पैसे चाहिए। और अगर तुमने मेरी मदद नहीं की तो मैं सबको तुम्हारे इस 'जादुई राज़' के बारे में बता दूंगा।"

आरव को गहरा झटका लगा। उसको विक्रम से हुई पहली मुलाक़ात और दोस्ती की सारी बातें याद आई, जिनकी वजह से उसने मदद का हाथ बढ़ाया था।

"तुम्हारे जैसे इंसान के लिए हमने इतना कुछ किया और तुम हमको ब्लैकमेल कर रहे हो?" आरव ने गुस्से में कहा।

"आरव, मुझे ग़लत मत समझो। यह सिर्फ़ ख़ुद को बचाने के लिए है। अगर तुमने मेरी मदद की, तो मैं किसी को कुछ नहीं बताऊँगा।"

आरव विक्रम की बात सुनकर अंदर से टूट गया। पर एक सवाल जो इतने दिन से उसे खाए जा रहा था, उसका जवाब अब उसे मिल चुका था। 20,00,000 USD के ट्रांजैक्शन की ख़बर विक्रम ने ही दी थी। फिर भी आरव ये उसके मुँह से सुनना चाहता था।

"एनजीओ को पैसे देने की ख़बर तुमको कैसे मिली?"

विक्रम ने जवाब दिया-

"मुझको क्या पता। मैंने तो ख़ुद न्यूज़ में देखा तब पता चला।"

"विक्रम देखो अब कोई और खेल मत खेलो। ट्रांजैक्शन के बारे में बैंक में तो तुमने ही बताया था।"

विक्रम ने खीजते हुए जवाब दिया- "कौन-सा बैंक? पागल हो गए हो क्या?"

आरव परेशान हो गया। अपने निष्कर्ष का पिटारा बंद कर विक्रम से कहा, "तुम्हें जो करना है, कर लो। हम तुम्हारे आगे झुकने वाला नहीं हैं।"

"सोच लो, आरव। अगर मैं बोलूँगा, तो तुम्हारा करियर बर्बाद हो जाएगा।"

आरव को चेतावनी देते हुए विक्रम वहाँ से निकल गया।

आरव उस रात सो नहीं सका। वो बार-बार ख़ुद को कोसने लगा कि उसने विक्रम जैसे व्यक्ति पर भरोसा क्यों किया। विक्रम के विश्वासघात ने आरव को भीतर तक हिला दिया था। वो अब अकेले इस बोझ को और नहीं उठा सकता था। नताशा उसके लिए हमेशा भरोसे का प्रतीक रही थी। उसे लगा कि अगर वो नताशा को सबकुछ बता देगा तो शायद उसका दिल हल्का हो जाए और उसे इस स्थिति से बाहर निकलने का कोई रास्ता मिल जाए। इसी सोच के साथ अगले दिन आरव ने दहिया गेट के पास वाले तालाब के पास नताशा से मिलने का फैसला किया।

"क्या हुआ? तुम इतने परेशान क्यों लग रहे हो?" नताशा ने पूछा।

आरव ने गहरी साँस ली और कहा,

"नताशा एक सीक्रेट है जो अब तक सिर्फ़ मेरी दीदी को पता है। ये सीक्रेट इतना बड़ा है कि अगर ग़लत हाथों में चला गया तो मेरा करियर और ज़िंदगी दोनों खतरे में पड़ सकते हैं।"

नताशा ने उसकी ओर गंभीरता से देखा और कहा, "करना चाहो तो तुम मुझ पर भरोसा कर सकते हो आरव।"

आरव ने तालाब की ओर देखते हुए धीरे-धीरे अपनी कहानी शुरू की। उसने नताशा को बताया कि कैसे उसे एक जादुई नोट मिला। उसने वो सारी घटनाओं को साझा किया जब जब उसने नोट का इस्तेमाल किया था- अपने दोस्तों की मदद करने से लेकर अमेरिका में एनजीओ को दान देने तक।

"और अब विक्रम को इस नोट के बारे में पता चल गया है। वो मुझे ब्लैकमेल कर रहा है।"

कुछ देर तक नताशा ने कुछ नहीं बोला। वो सोच में डूबी थी। फिर उसने आरव का हाथ पकड़ा और कहा, "आरव, मुझको सच में समझ नहीं आ रहा अभी कि क्या बोलूँ और शायद पूरा डाइजेस्ट भी नहीं कर पाई हूँ मैं, अभी जो सब तुमने बताया। पर आई ऐम श्योर कि ये एक बड़ी जिम्मेदारी है। और जो सब इन्सिडेंट्स हो रहे उससे मुझको लगता है कि इस नोट का यूज़ करना बंद करना होगा तुमको। ये तुम्हारे लिए मुसीबतों का कारण बन रहा है।"

आरव को नताशा के शब्दों में सच्चाई और समर्थन महसूस हुआ। उसने ख़ुद को पहले से थोड़ा हल्का महसूस किया।

"थैंक यू सुनने के लिए सब।" आरव ने कहा।

"थैंक यू मुझ पर बिलीव करने के लिए।" नताशा ने मुस्कुराते हुए जवाब दिया।

30

रिकवरी

विक्रम की धमकी और उसकी सच्चाई जानने के बाद आरव ने तय कर लिया था कि अब और चुप रहना उचित नहीं होगा। उसने ब्लैकमेल वाली बात पुलिस को बताने का फैसला किया। आरव को मालूम था कि ये जोखिमभरा कदम है पर विक्रम की गलतियों को उजागर करना अब ज़रूरी हो गया था।

सेमेस्टर परीक्षाओं के बीच वो पुलिस से संपर्क करने की योजना बना ही रहा था कि अचानक उसे उसकी माँ का फ़ोन आया। उनकी आवाज़ कांप रही थी। "आरव, सत्यम का एक्सीडेंट हो गया है... और वह हमें छोड़कर चला गया।"

आरव के हाथ से फोन गिर गया। ये ख़बर उसे भीतर से झकझोर गई। सत्यम, जो सान्या के लिए एक साथी और परिवार के लिए सहारा था अब नहीं रहा। सान्या का हाल सुनकर वो और भी टूट गया। उसकी माँ ने बताया कि सान्या सदमे में चली गई है और वो किसी से बात भी नहीं कर रही।

आरव के घर पहुँचने पर माहौल गमगीन था। सान्या की हालत देखकर उसकी आँखें भीग गईं। सान्या कुछ बोल नहीं पा रही थी। बस सत्यम की तस्वीर को थामे बैठी थी। सत्यम के माँ और पिता दोनों टूट चुके थे। इस कठिन समय में अंकुर, आरव और उसके परिवार को सांत्वना देने की पूरी कोशिश कर रहा था।

सातवें सेमेस्टर की आखिरी परीक्षा अगले दिन थी। आरव को घर पर रहकर परिवार का सहारा बनना था लेकिन परीक्षा न देने का मतलब था उसके प्री-प्लेसमेंट ऑफर का हाथों से निकल जाना। माता-पिता और अंकुर के समझाने पर अंततः आरव परीक्षा देने के लिए तैयार हो गया। अंकुर ने कोलकाता की फ्लाइट और फिर वहाँ से धनबाद तक की ट्रेन का इंतजाम किया।

इस हालत में फ्लाइट और ट्रेन की यात्रा तनावपूर्ण थी। एक तरफ़ सान्या के बारे में सोच, उसका दिल दहल जा रहा था तो दूसरी तरफ़ परीक्षा हॉल में देर से पहुँचने का डर था। धनबाद पहुँचते ही उसने रिक्शा लिया और सीधे कॉलेज की ओर भागा। परीक्षा शुरू होने से बस कुछ मिनट पहले आरव अपनी सीट पर था। प्रश्न पत्र उसके हाथों में था लेकिन उसकी आँखों के सामने सत्यम का चेहरा और सान्या की हालत घूम रही थी।

आरव ने एक गहरी साँस भीतर खींची, और भीतर उठते तूफ़ान को थामने की कोशिश की।

"ये सत्यम का सपना था कि हमको अच्छी नौकरी मिले" उसने ख़ुद से कहा।" फ़िर पूरे फोकस के साथ प्रश्नों को हल करना शुरू किया।

परीक्षा के बाद नताशा, आरव से मिलने उसके एग्ज़ाम हॉल के बाहर खड़ी थी। आरव ख़ुद को संभाल नहीं पाया और उसके कंधे पर

सर रख रोने लगा। नताशा ने आरव को संभालते हुए कहा, "मुझे पता था कि तुम कर लोगे आरव। बस अब ख़ुद को संभालो।"

जीवन में कितनी भी मुश्किलें आएं लेकिन परिवार और दोस्तों का सहारा इंसान को खड़ा रहने की ताक़त देता है। सत्यम का जाना एक बड़ा झटका था लेकिन ऐसे समय में आरव के दोस्त उसकी ढाल बनकर खड़े थे।

घर वापस पहुँचकर आरव ने सान्या को घर से बाहर निकाल उसका ध्यान भटकाने का फैसला किया। वो अभी भी न किसी से बात कर रही थी, न खाना खा रही थी। सान्या का दुःख उसके भीतर की शक्ति को धीरे-धीरे खत्म कर रहा था। आरव के एक बार बोलने पर सान्या ने संगम चलने के लिए हामी भर दी।

सर्दी की हल्की धुंध और गंगा की ठंडी हवा से वातावरण में एक अलौकिक शांति थी। आरव और सान्या गंगा तट के किनारे बैठ गए। आरव ने देखा कि सान्या चुपचाप नदी के बहाव को देख रही थी। उसकी आँखें नम थीं।

संगम का घाट हमेशा की तरह जीवंत था। गंगा की पवित्र लहरें सूरज की पहली किरणों से सुनहरी हो चुकी थीं। कुछ लोग ठंड के बावजूद गंगा में स्नान कर रहे थे। घाट पर पंडितों का समूह पूजा-पाठ और मंत्रोच्चारण में व्यस्त था। आरव ने देखा कि एक वृद्ध जोड़ा सिर पर जल से भरे कलश लिए गंगा की ओर बढ़ रहा था। वे संभवतः अपने पूर्वजों के लिए पिंडदान करने आए थे।

थोड़ी दूर पर एक नाव वाला, रंगीन ध्वज और फूलों से सजी अपनी नाव में सवार, सवारियों की प्रतीक्षा कर रहा था। पक्षियों का झुंड, जिनमें अधिकांश सफेद बगुले और काले कौवे थे, गंगा के किनारे रेत पर

उतरते और उड़ते दिख रहे थे। घाट पर कुछ बच्चे सुबह सुबह पतंग उड़ाने में मग्न थे जबकि कुछ साधु भजन-कीर्तन में डूबे हुए थे।

आरव ने सान्या की ओर देखा। सान्या ने पिछले 10 दिनों में पहली बार अपनी आँखें झुका कर बोलने की कोशिश की पर फिर चुप हो गई।

आरव जानता था कि सान्या को बोलने के लिए समय चाहिए। उसने अपने जूते उतारे और गंगा की ठंडी रेत पर अपने पैर रख दिए।

"जानती हो दीदी," आरव ने धीरे से कहा,

"लोग कहते हैं कि गंगा में नहाने से पाप धुल जाते हैं। लेकिन हमको लगता है ये गंगा हमें अपने दुःख और तकलीफों से मुक्ति देती है। जो बीत गया उसे एक्सेप्ट करना सिखाती है।"

सान्या ने उसकी बात पर कोई प्रतिक्रिया नहीं दी। लेकिन उसकी आँखों से आँसू बहने लगे।

आरव ने ढाढ़स बँधाने के लिए अपना हाथ सान्या के कंधे पर रखा। सान्या ने धीरे-धीरे अपनी नजरें आरव की ओर उठाईं। उसकी आँखों में एक गहरी पीड़ा स्पष्ट थी।

"आरव," उसने भारी आवाज़ में कहा, "सत्यम चला गया... और हम कुछ नहीं कर पाए।"

उसने ये कहते ही सिर झुका लिया और आरव के कंधे पर अपना सिर रख दिया। उसके आँसू रुकने का नाम नहीं ले रहे थे। वह फूट-फूटकर रोने लगी। भले ही इंसान को कितनों के दुःखों में कन्धा बनने का अनुभव हो, पर जब सामने कोई अपना रोता है तो इंसान हर मर्तबा नौसिखिया बन जाता है।

"दीदी तुम्हारी ग़लती नहीं है। सत्यम भईया बहुत अच्छे इंसान थे। वो हमेशा तुम्हारे लिए रहेंगे।"

सान्या चुपचाप उसकी बात सुन रही थी। गंगा की लहरें लगातार किनारे को छू रही थीं, मानो सान्या के दुःख को भी सहला रही हों। घाट पर हो रही गतिविधियाँ धीरे-धीरे शांत होती जा रही थीं। सूरज अब ऊपर आ चुका था और उसकी रोशनी ने गंगा के पानी को जैसे चमका सा दिया था।

"दीदी," आरव ने फिर कहा, "देखो, ये गंगा कभी रुकती नहीं। अपनी राह पर बहती रहती है। इसमें न जाने कितने दुःख, कितनी कहानियाँ बहती हैं, फिर भी ये शांत रहती है। हमें भी इससे सीखना चाहिए।"

आरव को इतनी बड़ी बड़ी बाते करते सुन सान्या ने एक बार उसके मासूम चेहरे और उससे निकलती एक कोशिश की तरफ़ आँख फेरी और पूछा, "तुम्हें लगता है हम आगे बढ़ पाएँगे?"

"बिल्कुल, दीदी। सत्यम भईया भी यही चाहते होंगे।"

आरव की बात सुन, सान्या ने महसूस किया कि आरव अब सिर्फ़ उसका छोटा भाई नहीं रहा, वो एक समझदार व्यक्ति बन गया था।

"हम कोशिश करेंगे आरव।"

कभी कभी बुझते दीपक को वापस लौ बनने के लिए दो हाथों का सहारा लगता है। आरव ने आज दो हाथों का काम किया था। दीपक बुझने से बच चुका था।

31

क्लीन चिट

आरव परिवार के साथ कुछ समय बिताने के बाद वापस कॉलेज लौट आया। ये उसका अंतिम सेमेस्टर था। आरव जानता था कि कैंपस में ख़ुद को निर्दोष साबित करने का भी ये आखिरी समय है। पुलिस और कॉलेज प्रशासन का संदेह अभी भी उसके सिर पर मंडरा रहा था। दूसरी तरफ़ विक्रम के धोखे और उसकी धमकियों ने आरव को झकझोर कर रख दिया था।

कॉलेज लौटने के दूसरे ही दिन, आरव पुलिस स्टेशन के लिए निकल गया। स्टेशन के रास्ते उसने दृढ़ निश्चय किया कि वो पुलिस को सब सच बता देगा। सब-इंस्पेक्टर मंडल ने उसे स्टेशन के बाहर देखते ही तीखे लहजे में पूछा, "तो, अब सच बताने का इरादा है?"

आरव ने गहरी साँस ली और पूरे आत्मविश्वास के साथ बोला- "हाँ।"

इतने में अंदर से इंस्पेक्टर चौधरी भी बाहर निकल आए।

"अब क्या बताओगे बालक, केस सॉल्व हो गया!"

आरव को कुछ समझ नहीं आया।

"सॉल्व हो गया मतलब? कॉलेज की साइट किसने हैक की थी?"

"सब तुम्हारे दोस्त विक्रम का किया धरा था।"

आरव ये सुनते ही घबरा गया। उसे डर था कि विक्रम ने नोट का राज़ तो नहीं बता दिया-

"और फिर विक्रम ने क्या बोला?"

मंडल ने बीच में कूदते हुए जवाब दिया- "जब साहब का डंडा और दिमाग़ चलता है न तो बड़ी-बड़ी मिस्ट्रीज सॉल्व हो जाती हैं। ये तो तुम बच्चों की बात थी। सब बोल दिया लड़का।"

"तो फिर विक्रम को पकड़ लिया?"

चौधरी ने जवाब दिया

"हॉस्पिटल में भर्ती है। वहीं जा रहे अभी।"

"हॉस्पिटल क्यों?" आरव ने चौंकते हुए पूछा।

मंडल ने जवाब दिया-

"नशे में धुत्त होकर एक बार में मार पीट कर लिया। बाद में पता चला चरस गांजा भी लिया था। हम लोग पहुँचे और डंडे लगाए तो सब उगल दिया।"

"क्या-क्या?"

"देखो ऐसा है। पुलिस हम लोग हैं। तुम ज़्यादा तहकीकात मत करो। चलो, कॉलेज जाओ।"

इतना कहते हुए मंडल ने जीप स्टार्ट करी और दोनों थाने से निकल लिए। अभी थोड़ी ही आगे निकले थे कि ब्रेक लगा, जीप को बैक में लिया और आरव के बगल लगा मंडल ने जीप से मुँह निकालते हुए आरव से पूछा "वो जादू और नोट के बारे में भी कुछ बोल रहा था। तुमको पता है कुछ इसके बारे में?"

आरव के हाथ पाँव फूल गए। इतने में चौधरी ने मंडल के एक टीप बजाते हुए कहा-

"अबे तुम भी मंडल। जादू होता है क्या? नशेड़ी है लड़का। कुछ भी बक रहा था।"

"हाँ साहब वैसे ये चरसी कुछ भी बात करते हैं।"

आरव ने ठंडी साँस लेते हुए लगे हाथ एक और सवाल पूछ लिया-

"सर वो मेरी मीडिया वाली ख़बर?"

"यही विक्रम उड़ाया होगा। और किसको पागल कुत्ते ने काटा है। बीस लाख यू.एस डॉलर।"

दोनों ठहाके मारते हुए जीप में आगे निकल लिए।

अगले कुछ दिनों में जाँच बंद करने के तहत कॉलेज के प्रमुख, डॉ. पाठक, जो आरव के आचरण और अकादमिक प्रदर्शन से परिचित थे, को भी पूछताछ के लिए बुलाया गया।

डॉ. पाठक ने पुलिस के सामने आरव के पक्ष में अपना बयान दिया। "मैं पिछले तीन सालों से आरव को जानता हूँ," उन्होंने कहा।

"वो न केवल एक मेधावी छात्र है, बल्कि उसकी एथिक्स और ऑनेस्टी भी असंदिग्ध है। अगर उसने किसी को आर्थिक मदद दी है तो उसका उद्देश्य केवल सहायता करना रहा होगा।"

उन्होंने आरव की कई उपलब्धियों और उसकी निस्वार्थ प्रवृत्ति के उदाहरण भी दिए।

डॉ. पाठक के बयान और विक्रम के अपराध कुबूलने से जाँच के परिणामों ने आरव को निर्दोष साबित कर दिया। पुलिस ने उसके ख़िलाफ़ चल रही सभी कार्यवाहियों को बंद कर दिया। साथ ही साथ प्रेस और मीडिया में चल रही बातों को पुलिस ने अपने बयान से शांत कर दिया।

अपने आखिरी सेमेस्टर में, आरव ने अपनी पढ़ाई पर ध्यान केंद्रित किया। अब वो न केवल एक अच्छे छात्र के रूप में बल्कि एक सच्चे और निष्ठावान व्यक्ति के रूप में भी जाना जाने लगा। उसका आत्मविश्वास और दृढ़ता जो इस सफ़र में बार-बार परखी गई थी अब उसकी सबसे बड़ी ताकत बन चुकी थी।

आरव कई दिनों से थका देने वाली दिनचर्या के बाद आज जल्दी सोने के विचार में था। ब्रश करने के लिए वो हॉस्टल के वॉशरूम में गया। ब्रश करते-करते वॉशरूम में लगे सारे बल्ब्स और लाइट्स एक-एक करके बंद हो गए। पर आरव ने ब्रश करना रोका नहीं। इतने में वॉशबेसिन के ऊपर लगा एक बल्ब जला। जलते ही आरव ने शीशे में देखा तो जैसे स्टेचू बन गया। अमेरिका में शीशे में ख़ुद की दूसरी परछाई जैसे आज भी दूसरा आरव शीशे में मौजूद था।

आवाज़ आई- "कैसे हो आरव?"

आरव अभी भी बुत बना खड़ा था। आरव ने मुँह से ब्रश हटाते हुए पूछा- "कौन हो तुम?"

"ख़ुद को नहीं पहचानते?"

"तुमको नहीं पहचानते।"

"जब तुम नींद में सपने देखते हो न, उन सपनों की दुनिया में तुम्हारी जगह हम रहते हैं। सपनों की सारी सीख काश हम तुमको सही समय पर दे पाते।"

आरव जब तक कुछ समझ पाता परछाई से आवाज़ आई-

"नोट की शक्ति अब ख़त्म होने वाली है।"

आरव ने कई दिनों से उस नोट को खोल कर नहीं देखा था। US से लौटने के बाद अपने पर्स से हटा एक किताब के बीच रख दिया था। पर ये बात सुन कर एक टीस सी हुई और अपने आप मुँह से निकला- "ऐसे कैसे?"

सपने वाले आरव ने गंभीर स्वर में बोला, "आरव जादू अब तुम्हारे जीवन का हिस्सा नहीं रहेगा। बहुत जल्द मैजिकल नोट अपनी सारी शक्तियाँ खो देगा और साधारण कागज़ का टुकड़ा बन जाएगा।"

आरव ने परेशान होकर पूछा, "लेकिन क्यों? हमने इसका हमेशा अच्छे के लिए उपयोग किया है।"

उत्तर मिला, "हर शक्ति की एक सीमा होती है। ये नोट तुम्हारे ज़रिये लोगों की मदद करने के लिए तुम्हारे पास आया था। इस नोट की ताकत ने तुमको सही और ग़लत को परखने का अनुभव दिया। याद

रखो, सच्ची शक्ति तुम्हारे भीतर है, न कि इस नोट में। अपनी ज़िंदगी को अपनी ताकत से सँवारो।"

वॉशबेसिन के ऊपर वाला बल्ब एकदम से बंद हो गया।

सुबह की रोशनी खिड़की से अंदर आ रही थी। आरव ने किताब से नोट को निकाल कर अपनी मेज की दराज़ में रखा और दराज़ बंद करते हुए मुस्कुराया।

आखिरी सेमेस्टर का समय सभी के लिए विशेष होता है। पिछले कुछ महीनों में आरव ने कई कठिनाइयों का सामना किया था और हर कदम पर नताशा ने उसका साथ दिया था। आरव और नताशा अब एक-दूसरे के लिए अपनी भावनाओं को लेकर स्पष्ट हो चुके थे। एक शाम, सूरज ढलते समय, दोनों कॉलेज के उस हॉल में बैठे थे जहाँ उन्होंने फ्रेशर्स पार्टी में साथ में डांस किया था। नताशा ने धीरे से कहा, "मैं तुम्हारे साथ बिताए इन सालों को कभी नहीं भूलूँगी। तुमने मुझे सिखाया है कि लाइफ़ में पर्सिस्टेंस, डेडिकेशन और एम्पथी सबसे बड़ी ताकत होती हैं।"

आरव ने उसकी आँखों में देखा और कहा, "नताशा हम लकी हैं कि तुम मेरे साथ रही, हर मुश्किल में।"

नताशा ने मुस्कुराते हुए कहा, "मुझे यह पहले से पता था, लेकिन सुनकर अच्छा लगा।"

उनकी यह मुलाक़ात उम्मीदों के साथ खत्म हुई। दोनों ने तय किया कि वो अपने-अपने सपनों का पीछा करेंगे लेकिन एक-दूसरे का साथ कभी नहीं छोड़ेंगे।

आखिरी सेमेस्टर की आखिरी परीक्षा का दिन भी आ गया। कैंपस में हर तरफ़ एक अजीब सी हलचल थी। सभी जानते थे कि ये आखिरी बार है जब वो कॉलेज में इस तरह परीक्षा देंगे। परीक्षा के बाद दोस्तों के साथ कैंटीन में बैठकर चाय और समोसे खाते हुए सब ने बीते दिनों की यादें ताज़ा की।

मयंक ने कहा, "भाई, ये कैंटीन की चाय और समोसे तो हमेशा याद आएँगे। बाहर जाकर शायद इतनी सस्ती और टेस्टी चीज़ें न मिलें।"

सभी हँस पड़े लेकिन हँसी के पीछे एक अजीब सा खालीपन था।

कॉलेज का आखिरी दिन आ चुका था। हॉस्टल के आधे से ज़्यादा कमरे खाली हो चुके थे। गिटार, किताबें, और पोस्टर उतारे जा चुके थे। आरव ने अपने कमरे को देखा, जहाँ उसने अपने जीवन के सबसे महत्त्वपूर्ण फैसले लिए थे। वो बिस्तर पर बैठा और सोचने लगा कि कैसे ये जगह हमेशा उसकी यादों में बसी रहेगी।

इतने में राहुल अपना लैपटॉप लेकर आरव के रूम में आ गया और बोला- "सुन न भाई! अपनी इंटरनेशनल इंटर्नशिप प्रोजेक्ट वाली फाइल्स प्लीज मेरे लैपटॉप में ट्रांसफ़र कर दे।"

इतना बोलते हुए राहुल अपना लैपटॉप आरव के बेड पर छोड़ रूम से निकल गया। उसकी पैकिंग अभी भी ख़त्म नहीं हुई थी। आरव ने अपने लैपटॉप से फाइल्स कॉपी कर राहुल के कंप्यूटर में फोल्डर बनाना चाहा तो देखा ठीक उसी नाम का फोल्डर राहुल के पास पहले से बना है। आरव ने वो फोल्डर खोला तो भौचक्का रह गया। फोल्डर में आरव और जेक की US की फोटोज थी। कुछ फाइल्स थी। फोल्डर में एक दो मेल के लिंक थे। उनको खोलने से आरव ने ख़ुद को रोक लिया। पर जितना

देखा उसको देख कर भी उसका दिमाग एकदम शट हो चुका था। जेक और राहुल एक दूसरे को कैसे जानते हैं ये बात आरव को बिल्कुल समझ नहीं आ रही थी।

दोपहर में कॉलेज ग्राउंड में सभी दोस्त जमा हुए जिसके बाद संगीत क्लब में एक छोटा-सा अनौपचारिक जैम सेशन हुआ। शाम को स्टेशन जाते हुए कॉलेज के गेट पर खड़े होकर आरव ने चारों ओर नज़रें दौड़ाईं और फिर आँखें बंद कर ली- फुटबॉल ग्राउंड- जहाँ उसने दोस्तों के साथ समय बिताया था, म्यूजिक क्लब- जिसने उसे अपनी पहचान दी, क्लासरूम- जिसने उसे सिखाया कि मेहनत से कुछ भी हासिल किया जा सकता है और भी कितनी जगह एक-एक करके किसी मूवी की तरह दौड़ती चली गईं।

आँखें खोलने पर वो नम थीं। उसने मयंक को गले लगाया। नताशा वहीं खड़ी थी। मयंक ने कहा, "ऐसा लगा जादू फेज था ये 4 साल। कैसे निकल गए पता ही नहीं चला।"

आरव ने अपना बैग सँभाल हँसते हुए पूछा- "जादू होता है क्या?"